歴史はバーで作られる

ネアンデルタールに花束を

喜多川《きたがわ》先生に「もう一軒つきあいたまえ」と言われたとき僕はチラリと腕時計で時刻を確認した。

「いいじゃないか。終電には間に合うだろう」

喜多川先生が大きな声で誘う。喜多川先生は三十五歳。新進気鋭の歴史学者だ。背が高く体格もよい。社会人のラグビーチームに所属していると言われても納得してしまいそうだ。顔の造りも大きくて頬骨が出ている。大きな目から発せられる光は強い意志を表している。

「はい」

僕は、つきあうことにした。喜多川先生に目をかけてもらえることは誇らしいことだ。僕……安田学《やすだまなぶ》は喜多川先生の下で歴史を学んでいる学生だ。帝桜《ていおう》大学史学科の三年生である。小柄で童顔だから高校生に見えるのが悩みの種だ。

今日の喜多川先生は学会誌に掲載された論文の評判がよく、ことのほか上機嫌だ。そのせいで日曜日だというのに呼びだされて祝杯に、つきあわされているのだけれど。

「どこか、いい店はないか？」

「さあ」

飲み屋なら喜多川先生の方がよく知っているだろうと思ったけど口には出さず僕は辺りを見回した。

「あの店はどうでしょうか？」

僕が指さしたのは〈シベール〉という電飾の立て看板を出している店だった。その店を推薦したのは特に理由があるわけではない。たまたま目について玄関の様子も地味だったので落ちつけるのではないかと思っただけだ。

「よし、あそこにしよう」

喜多川先生も、さして考えもなさそうに僕の提案に乗った。喜多川先生に指示されるようにして僕は〈シベール〉のドアを押した。チリンチリンという音がする。おそらくドアの内側に鈴でも取りつけられているのだろう。

ドアを開けて中に入るとバーテンダーとおぼしき若い女性と客の老人がカウンター越しにキスをしていた。

（え？）

嘘だろ……。見間違いに決まってる。あるいは客の老人に頼まれてネクタイの乱れを直していたとか。僕がそう思ったときには二人は軀《からだ》を離していた。

「いらっしゃいませ」

バーテンダーらしき女性がニコッと笑って僕に声をかけると後ろを向いて奥のケース

からおしぼりを取りだした。そのときに女性が黒いミニのタイトスカートを穿いていることが判った。

「あの」

白いシャツに黒いジャケットを合わせたミニスカのこの女性はバーテンダーで間違いないだろう。年齢は二十代半ばだろうか。カウンターの向こうにいるので確かな身長は判らないが、おそらく百六十センチほどではないか。華奢だけど、その白い肌は柔らかそうだ。

顔の輪郭は卵形で肌も剝き玉子のようにツルンとしている。目が大きく鼻筋が通り唇は形がよく、それらがバランスよく収まっている。ようするに、かなりの美人だ。

(今のは目の錯覚だ)

あらためて、そう思った。こんな若くて美人の女性が、こんな……。僕は奥の席に坐る先客を一瞥《いちべつ》する。

(こんな老人とキスをしていたなんて、ありえない)

老人は八十歳に近いのではないだろうか？

(ひょっとすると超えているかもしれないぞ)

かなり痩せていて、一見、枯れ木を思わせる。皺の目立つ顔だが目は丸く愛嬌がある。飄々とした佇まいで、どこか上品そうでもある。

「どうぞ」

女性は柔和な笑みを浮かべてカウンターに坐るように促す。カウンターには、すでにおしぼりが置かれている。まず喜多川先生が女性のほぼ正面に坐る。僕はその左側、入口に近いスツールに坐る。

あらためて店内を見回すと、かなり狭い店であることが判る。カウンター席が七席。その背後にテーブルが一つあり、向かいあって椅子が二つ置かれている。先客は老人が一人だけだ。

店内の照明はさほど落とされておらず比較的明るい方だろう。壁はクリーム色で清潔感があるのは、このバーテンダーの趣味だろうか。

「何になさいます？」

「そうだな」

バーテンダーに訊かれて喜多川先生は目の前の壁を眺める。そこには様々なウィスキーやブランデー、ウォッカなどのボトルが並べられている。

「こちらがメニューです」

バーテンダーに渡されたメニューに目を通すと喜多川先生はマティーニを注文して僕にメニューを渡してくれた。よく判らないので僕もマティーニを注文する。

「喜多川さんじゃないかね？」

ふいに老人が声をかけてきた。喜多川先生はギョッとしたように老人に顔を向ける。

「私をご存じなのですか？」

どうやら喜多川先生は老人に心当たりがないようだ。

「勿論だとも」

老人は相好を崩す。

「失礼ですが、どちらかでお会いしましたか？」

先生は学会のパーティ、あるいは著作を出している関係で出版社主催のパーティなどにも、たまに顔を出しているから、その辺りで初対面の人と名刺交換をしている可能性がある。だとしたら、その程度の知りあいの顔を、いちいち覚えていないのも当然だ。ただでさえ喜多川先生は人の顔を覚えるのが苦手なのだ。

「さて、どこだったかな」

なんだ、頼りない。この老人も覚えてないのか。もしかしたら会ったことなど、ないのかもしれない。雑誌か何かで喜多川先生の顔を覚えて、それで思わず声をかけてしまった……そんなところかもしれない。喜多川先生も老人に話しかけられたことが迷惑そうに、それ以上、会話を続けようとしない。老人に名前も訊かない。

「喜多川さんって……もしかして歴史学者の喜多川猛《たけし》先生ですか？」

バーテンダーの女性が突然、声をかけてきた。あまりに意外だったので僕はいささか面食らった。喜多川先生も目を丸くしている。

「そうですが」

「やっぱり。新聞に載っていた写真に似ていたので、もしかしてって思ったら……」

バーテンダーは嬉しそうな顔をした。

「奇遇ですね。こちらは同じく歴史学者の村木《むらき》春造《しゅんぞう》さんです」

村木と紹介された老人がニコニコしながら会釈をする。

「村木？」

どうやら喜多川先生は知らないようだ。僕も村木という歴史学者は聞いたことがない。

「失礼ながら存じあげませんが」

喜多川先生はやや当惑気味に言った。

「どのような、ご研究がおありでしょう？」

そしてズバリと訊く。目上の人に対して失礼な口調かもしれないけど、これがいつもの喜多川先生の口調だし、さらに今は、この村木という老人に大した実績がないことを露呈させて話を打ちきろうという意図もあるのかもしれない。

「村木先生は主に八百屋お七の研究をなさってるんです」

笑いだしそうになったけど、なんとか堪《こら》えた。八百屋お七は歴史学者が入れこむようなテーマではないだろう。お七は江戸時代に放火をして火炙《ひあぶ》りの刑に処された若い女性だけど、その事実を簡潔に示す文言《もんごん》が一行ほど残されているだけの人物だ。

　そんな僕の心の中の嘲笑に気づく気配もなくバーテンダーは僕と喜多川先生にマティーニを差しだした。逆三角形のカクテルグラスに透き通ったカクテルが注がれピックに刺さったオリーブが沈められている。

「ジンとベルモットの割合は5対1が基本ですけど、うちはベルモットをほんの少し垂らしただけのドライな味わいに仕上げています」

　一口飲む。けっこう強い。

「おつまみには鯨の竜田揚げをどうぞ」

　いつの間に調理したのか湯気が上がっている鯨の竜田揚げが二切れずつ皿に載せられ僕と喜多川先生の前に差しだされた。

「衣には米粉《こめこ》を使いました。味つけはお醤油と生姜の磨りおろしがメインです」

「うまい」

　さっそく食べた喜多川先生が感想を言う。

「ありがとうございます」

「いただきます」

　僕も箸をつける。たしかにおいしい。

「安田君。前にも言ったかもしれないが〝いただきます〟という言葉は〝動物の命を頂きます〟という意味を持っているんだ」

「そうなんですか」

喜多川先生の話はいつも勉強になる。

「だから鯨肉《げいにく》を食べるときには鯨に感謝することだ」

「わかりました」

「鯨塚ってありますもんね」

バーテンダーが口を挟んだ。

「鯨塚？」

「鯨を食べた土地の人たちが鯨に感謝と追悼の意を込めて作った塚だ」

喜多川先生が教えてくれる。僕が知らなかった鯨塚を知ってたことでバーテンダーが図に乗らなければいいけど。

「江戸時代に作られたものが多いようだ」

「江戸時代と言えば……」

バーテンダーを調子づかせないためにも僕は巧みに話題を転換しにかかる。

「八百屋お七の話をしてましたね」

「そうそう、そうでした」

村木老人がニコニコとした顔で応える。

「八百屋お七の研究とは、おもしろい冗談だ」

　喜多川先生が笑いを含んだ声で言った。

「冗談などではありません」

「冗談ではない？」

「はい」

「では本当に八百屋お七の研究を？」

「そうなんです」

　村木老人は嬉しそうに応える。

「ということは、ご専門は近世？」

〝近世〟という言葉は西洋史、東洋史でも使うが日本史においては主に江戸時代を指す。八百屋お七から推察しての喜多川先生の発言だろう。

「歴史全般です」

　やっぱり本気で相手をしても意味がない。〝全般〟を〝専門〟になどできるものか。

「その中でも特に八百屋お七に入れこんでいまして」

「八百屋お七には」

　そう言うと喜多川先生は首を横に振った。

「興味ありませんな」

喜多川先生は村木老人から自分のグラスに視線を戻した。当然だ。八百屋お七などという、あやふやな人物の研究に入れこんでいるというこの老人も歴史学者を名乗ってはいるが市井の素人学者の類に違いない。そんな人物に新進気鋭の本物の歴史学者である喜多川先生が、つきあう必要はない。

「私もネアンデルタール人から平成史まで、あらゆる歴史に興味と知識を持っていますが八百屋お七は歴史学者でなく物語作家が扱うのが妥当でしょう」

喜多川先生は話を打ちきるような、やや強めの口調で言うとマティーニを一口、啜《すす》る。

「あ、ネアンデルタール」

バーテンダーが素っ頓狂な声をあげた。喜多川先生の肩がピクンと動いた。

「今ちょうど村木先生とネアンデルタール人について話してたんですよ」

「ネアンデルタール人について？」

喜多川先生が反応してしまった。

「八百屋お七ではなく？」

「はい」

バーテンダーはニコッと笑った。それにしてもこのバーテンダーは話好きのようだ。

「言ったでしょう。私は歴史全般が専門ですので」

村木老人が意味不明の説明を加える。

「村木さんに教えてもらったんですけど、ネアンデルタール人は弱々しくてクロマニヨン人は凶暴なんですってね」

喜多川先生がカクテルを噴きだした。

「あら大変」

「すまん」

喜多川先生が慌てた声で謝るけどテーブルを拭くのはバーテンダーに任せている。

「しかし君があんまり、おかしな事を言うもんだから」

「あら、どこがおかしいんですか？」

テーブルを拭き終えたバーテンダーが喜多川先生に訊く。

「君が言ったのは逆だ」

「逆？」

「ああ。ネアンデルタール人が凶暴で、クロマニヨン人が理知的だった」

「そうなんですか？」

「勿論だ」

ネアンデルタール人とは旧石器時代人だ。生息した年代は学者の見解によってずれがあるが、おおむね四十万年前に登場し、四万年前に忽然と姿を消したと言っていいだろう。入れ替わるように登場したのがクロマニヨン人だ。

「でも理知的だから凶暴ではないとは言えないですよね？」

「え、どういう事ですか？」

思わず訊いてしまった。

「たとえば相手を倒した方が有利だと理知的に判断した結果、相手に暴力をふるうことだって有ると思うんです」

それは、そうかもしれないけど……。

「たしかに人類の歴史は残虐性や恐怖とともにある。それは否定しない」

「ですよね」

「しかし、そういう面ばかりではない。クロマニヨン人は基本的に愛情に溢れた種族だった。だから人類はここまで発展できた。それが私の主張だ」

人類の起源はハッキリと証明されているわけではない。なにせ太古の話だから証明のしようがないとも言える。ただ、大まかな流れは判っているし大勢を占める捉え方というのも存在する。たとえば残虐性や恐怖で人類の歴史は作られたという捉え方は歴史本などで散見されるだろう。部族同士の殺戮《さつりく》や有史以来、絶えたことのない国家間の戦争がそれを証明している。

「へえ」

軽く流された。喜多川先生の渾身の説を……。もっとも、こんな場末のバーの女性バーテンダーに喜多川先生の説の素晴らしさを理解しろという方が無理か。歴史に関してはド素人なのだから。

「理知的であり、その理知に基づく愛情があったからこそ人類は家庭を築き安心して子孫を繁栄させることができたのだよ」

「一理ありますね」

頭が痛くなってきた。仮にも学界で注目されている新進気鋭の学者の独自の見解に対して一素人が〝一理ありますね〟などという上から目線の発言をするとは身の程知らずも甚だしい。喜多川先生の説の内容を一ミリも理解していないことに百万円賭ける。

しかしそれにしても……。

素人であるバーテンダーが的外れな受け答えをしているのは無理もないとして仮にも歴史学者を名乗っておきながら、その受け答えを注意もせずに、あまつさえ〝ネアンデルタール人は弱々しい〟などと、まったく間違った自説を述べているのだから、やはりこの村木老人はただの素人学者なのだろう。いや、それよりも始末が悪いかもしれない。

「一理ある、か」

喜多川先生は怒りを通り越して苦笑している。

「頓珍漢なことを言ってしまったとしたら、ごめんなさい。あたし、歴史には素人で」

それは判る。

「でも村木先生がそう仰ったものですから」

そう言うとバーテンダーはチラリと村木老人に目を遣った。村木老人は噎《む》せて咳をした。

「そちらのご老人が、どう言ったかは知りませんがネアンデルタール人は強靭《きょうじん》な肉体を持ち凶暴。それに比べるとクロマニヨン人は弱いが賢いという理解でいいでしょうな」

喜多川先生の説明に僕は頷く。

「でも村木先生はネアンデルタール人はクロマニヨン人に滅ぼされたと仰ってますけど。これって、ネアンデルタール人よりもクロマニヨン人の方が強かったってことですよね？」

喜多川先生は深い溜息をついた。

「どうやらご老人に根本的な間違いを教えこまれてしまったようだな。罪深いことだ」

独り言のように言う。

「あたし、村木先生にお話を聞いていても実はよく判らなかったんですよね。というのもネアンデルタール人以前の人類の歴史をよく知らないので」

とんでもなく〝はずれ〟の店に来てしまったようだ。歴史への無理解はともかく、バーテンダーがお喋りすぎる。しかもよく分からないこと言ってるし。

「ネアンデルタール人以前の人類の歴史、ですか」

「ええ」

「そういえばミサキさんには、まだ教えてませんでしたね」

バーテンダーの名前はミサキというのか。字は三崎だろうか。それとも岬だろうか？　いや、下の名前で美咲ということも考えられるか。

「いい機会です。教えましょう」

この老人は、いっぱしの教授ぶっている態度がイタい。

「人類は最初、全員、黒人だったんですよ」

僕はマティーニを噴きだした。

「あらあら」

困った幼子を窘《たしな》める優しいママのような声をバーテンダー……ミサキさんが出した。

(恥ずかしい)

これでは〝厄介な客が来た〟みたいな雰囲気になってしまうではないか。だけどミサキさんは、そんな態度はおくびにも出さずに布巾でカウンターを拭いた。

「すみません」

僕は素直に謝る。この辺は自分でも大人だと思う。

「いいんですよ。お客さんも驚いたんですか？　あたしも驚きました。人類が最初、全員、黒人だったなんて」

バーテンダーは村木老人の突拍子もない説に何の疑問も抱かずに納得している。このバーテンダーは、かなり素直な性格のようだ。

「人類が全員、黒人だったわけはないでしょう。喜多川先生、なんとか言ってやってください」

僕は変人老人（と、その言葉を信じ切っている変人バーテンダー）を黙らせてやる必要性を感じていた。

「いや、その説はあながち間違いとは言えない」

「え？」

「安田君。君も人類の起源に関する講義は受けただろう」

「受けました」

一年生の時に受けたはずだ。

「その時にアフリカ起源説が優勢だと学んだはずだ」

「はい」

「アフリカ起源説？」

またバーテンダー……ミサキさんが口を挟んでくる。とことん、この店は〝はずれ〟なのだ。

「人類の起源に関する一説です」

村木老人が勝手に答える。

「人類がいつ、どこで、どのようにして誕生したのか。これは現代に生きる、われわれ人類の誰もが知りたい共通の謎だと思いませんかね？」

「思います」

〝誰もが知りたい〟かどうかは確かめようがないし、おそらく、そんなことに興味のない〝現代に生きる人類〟も大勢いそうだけどミサキさんは、その辺りには何も頓着せずに村木老人の言葉を鵜呑みにしている。

「学者たちも人類の起源という崇高な謎に今まで果敢に取り組んできたんです」

どうやら村木老人は当たり前のことを、ことさら大袈裟に言う癖があるようだ。こんなことだから素人学者にとどまっているのだろう。

「そして、ついに学者たちは人類の起源を二つの説に絞りこんだんです」

「〝多地域進化説〟と〝アフリカ起源説〟だ」

村木老人がまた戯《たわ》けたことを言うのを防ごうとしたのか喜多川先生が口を挟んだ。喜多川先生の教授魂に火が点いてしまったのだろうか？

「タチイキ？」

ミサキさんが喜多川先生に訊き返す。

「多くの地域ということだ」

「ああ、それで多地域ですか」

「人類の祖先の原人、つまりホモ・エレクトゥスが世界中に散らばり、それぞれの地域で、みんな一様に現代人の直接の祖先となるホモ・サピエンスに進化したとする説だ」

「その説は、ちょっとおかしいですね」

ん？　何を生意気に口を挟んでいるのだ？　このド素人娘は。

「おかしいとは？」

あろうことか喜多川先生がド素人娘の言葉に反応する。

「だって……多くの地域に散らばった原人たちが、みんな同じ現代人に進化するなんて偶然が過ぎますよ。ねえ？　村木先生」

「そうですな。だからアフリカ起源説の方が優勢なんでしょう」

喜多川先生に訊くのならまだしもミサキさんは村木老人に訊いた。

「多くの人類とは言っても第一次のアウト・オブ・アフリカまでは一つなんだよ」

「アウト・オブ？」

「出アフリカ。それも知らないのか」

「すみません。あたし、歴史のことは、よく知らなくて」

「だったら偉そうに〝その説はちょっとおかしいですね〟などと知ったかぶりをしない

方がいい」

「知ったかぶりじゃなくて思った事がつい口に出てしまったんです」

口の減らない女だ。顔はかわいいけど。

「それで、アウト・オブ・アフリカって何ですか？」

悪びれもせずに物怖《ものお》じもしない。ある意味、大物なのかもしれない。

「現在の人類の祖先はアフリカで誕生したんだ」

「聞いたことがあります」

「この人類の祖先をホモ・エレクトゥスという」

「ホモ・エレクトゥスは、まだ人類じゃないんですか？」

単語を一度聞いただけで正確に復唱できる点だけは評価しよう。

「人類だよ。猿人から大脳が大きく進化したグループをホモ属という。ホモ・エレクトゥスも最初はピテカントロプスと呼ばれて人類の前の段階だと思われていたんだが、やがてホモ属、つまり人類の仲間に含まれてホモ・エレクトゥスと呼ばれるようになったんだ」

「そうなんですか。途中で見解が変わるなんてホモ関係の学問も、まだ揺れているんですね」

ホモ関係に限らず学問とは、そういうものだ。定説が日々、変化してゆくのは当たり前の話なのだ。でなければ学問の発展などありえない。

「ホモ属が人類なら、その前……ホモ・エレクトゥスの前は猿人ってことですね？」

「その通りだ」

理解力もまあまあ、あるか。

「ホモ・エレクトゥスから進化したのが現在の人類であるホモ・サピエンスだ」

はるか二八〇〇万年前、霊長類の中で、オナガザルやテナガザルやヒト科が枝分かれした。

ヒト科は、さらに一五〇〇万年前に〈ヒト、チンパンジー、ゴリラ〉のグループと〈オランウータン〉に分かれる。

そして次に〈ヒト、チンパンジー〉と〈ゴリラ〉のグループに分かれ、六〇〇万年前にチンパンジーと分かれたヒトは、アフリカで猿人として独り立ちを始める。

そしてラミダス猿人などの過程を経て、一八〇〇万年前にホモ・エレクトゥスへと進化する。

「アフリカで誕生したホモ・エレクトゥスは、およそ一〇〇万年前、アフリカを脱出する。これが第一次アウト・オブ・アフリカと呼ばれているんだ」

「そうですか。そのホモ・エレクトゥスが現代の人類であるホモ・サピエンスに進化したんですね？」

「その通りだ」

「アウト・オブ・アフリカ……。アフリカを脱出した地で現代人が誕生したんですか」

「そうじゃない」

喜多川先生はミサキさんに乞われるままに説明を続けている。意外にこのバーテンダーは聞き上手なのかもしれない。

「アウト・オブ・アフリカといってもアフリカに留まった仲間もいるんだ」

「そうなんですか」

「アフリカに留まったグループもいればアフリカを出てアジア、ヨーロッパに渡ったグループもいる。その中でホモ・サピエンス、すなわち新人に進化したのはアフリカに留まった仲間から生まれたということだ」

「なるほど。それが人類のアフリカ起源説というわけですか」

喜多川先生の淀みない説明にミサキさんも納得したようだ。

「そう。そして第一次アウト・オブ・アフリカでヨーロッパに渡った仲間やアジアに渡った仲間がそれぞれの地で同じように現代人に進化したというのが君の否定した多地域起源説だ」

「よく判りました。でもそうすると」

ミサキさんは何かを考えるように心持ち上を向く。

「アフリカ起源説ではアフリカに留まった仲間だけが現代人に進化するんですよね？」

「そう言っている」

「だとすると第一次アウト・オブ・アフリカでヨーロッパやアジアに渡った仲間はどうなったんですか？　まったく別の人類に進化した話も聞かないし」

「絶滅した」

「絶滅？」

「そうだ。ヨーロッパに渡った仲間もアジアに渡った仲間も、やがて絶滅する。アフリカに留まった仲間だけが人類……ホモ・サピエンスに進化を遂げたのだ」

「なぜかしら？」

　このバーテンダーの好奇心は褒めてあげてもいい。訊かれた方は迷惑だが。

「頭が良かったからだ」

　どんな素人の疑問にも的確に簡潔に答えられるのが喜多川先生の凄いところだ。

「君は〝原始人〟という言葉を聞いたら、どんな姿を想像する？」

「そうですね。筋骨逞《たくま》しくて、ちょっとガニ股で凶暴そうな髭モジャの顔をしている、って感じかしら」

「まさに、そのイメージがネアンデルタール人なのだよ」

　僕は喜多川先生の説明を横で聞きながら頷く。

「アフリカを脱出したホモ・エレクトゥスのうち、ヨーロッパに渡った者たちは悠久の時を経て、ネアンデルタール人へと進化する。アジアに渡った者たちはジャワ原人や北京原人に進化する。これらの者たちは、まさに君が言ったように筋骨逞しく、原始人のイメージそのものだ。だが、やがて絶滅する」

「アフリカに留まった者、ホモ・エレクトゥスたちは？」

「少なくとも一部は絶滅せずに現代人類、すなわちホモ・サピエンスへと進化することになる」

「勉強になります」

最初から素直にそう言えばいいんだ。

「アフリカに留まったホモ・エレクトゥス族は、なぜアフリカに留まったと思うかね？」

「判りません」

「ひ弱だったからだ」

「ひ弱……」

「筋骨逞しいホモ・エレクトゥス族は新天地を求めてアフリカを出て旅立った。だが、ひ弱なホモ・エレクトゥス族はそれができなかった」

「そのひ弱な者たちの子孫が、われわれ現代人だと言うんですか？」

「その通りだ。ご老人が言った〝ネアンデルタール人が弱々しくてクロマニヨン人が凶暴〟というのは、まったくの逆なのだよ」

「ひ弱なのに生き残ったんですか？」

「頭が良かったからな」

ここで初めてミサキさんも〝現代人は頭がよかったから生き残った〟という喜多川先生の真意に気づいただろう。そして野性だけではない知性があって初めて優しさも生じる。

「氷河期と間氷期は数万年単位で交互にやってくるが、おそらく百万年ほど前は地球は氷河期だったのだろう。だから、ひ弱な者たちはアフリカを出られなかったのだ。ところが八万年前の間氷期でアフリカに留まっていた、ひ弱な者たちもアフリカを出ることができるようになった」

「それが第二次アウト・オブ・アフリカだね」

村木老人が久しぶりに言葉を挟む。誰でも判るようなことを言うために。

「アウト・オブ・アフリカは二回あったんですか」

「そうだ」

「二回めの時に、ひ弱な者たちもアフリカを出たんですね？」

「その通りだ。そして六万年前には中東に達し五万年前にはヨーロッパに到達。そこでコーカソイドに進化する。その一派がクロマニヨン人だ」

「コーカソイドにクロマニヨン人……。アジアに到達したホモ・サピエンスはどうなったんですか？」

「モンゴロイドになった」

「あ、聞いたことあります」

まったく。〝聞いたことある〟レベルで議論に参加されても困る。喜多川先生が気分を害されないか心配だ。

「モンゴロイドから日本人が生まれたんだ。オセアニアに渡った者たちはオーストラロイドと呼ばれる」

「コーカソイド、モンゴロイド、オーストラロイド……。アフリカに残った者たちがネグロイドですね」

自分の無知を臆面もなくさらけだして、なおかつ誰でも判るような事で〝自分は理解力があります〟アピールを堂々とするところは馬鹿なのか図々しいのか。

「じゃあ、第一次アウト・オブ・アフリカでアフリカを出たネアンデルタール人などのホモ属は絶滅したけど、第二次アウト・オブ・アフリカでアフリカを出たホモ属は生きのびてモンゴロイドやオーストラロイドになったんですね」

「そういうことだ。ヨーロッパに進んだコーカソイドはクロマニヨン人とも呼ばれたが、このクロマニヨン人というのは外見上、ほとんど現代のヨーロッパ人と変わらないのだよ」

「ああ、だからなんですね」

ん？　何が〝だから〟なんだ？

「ヨーロッパは日の光が弱くて、よく日光浴をするって聞いたことがあります」

「それが？」

「日の光が弱いから色素が抜けて髪の毛は金髪になって肌の色は白くなったって」

「それが？」

僕は最初の〝それが？〟よりやや語気を強めて訊いた。

「さっきの話ですよ」

さっき何を話していたっけ？

「人類は最初、全員が黒人だったって話」

「あ」

僕は思わず間抜けな声を出してしまった。

「そういえば、そんな話をしていましたね」

村木老人がニコニコしながら話に割りこんできた。

「人類の発祥がアフリカなら最初の人類が黒人でも不思議はありませんよね。いえ、むしろ黒人である方が自然です」

僕は思わず喜多川先生を見た。喜多川先生は「そういう事だ」と言った。

「アフリカにいた時は黒かったホモ属は日の光が弱いヨーロッパに渡って色素が抜けて白人になった」

ミサキさんの言葉に喜多川先生が頷く。

そうだったのか。迂闊《うかつ》にも僕はそのことに気がつかなかった。授業でやらなかったのだから仕方がない。おそらく定説とまではなっていないのだろう。

「紫外線が軀《からだ》に悪いのは常識ですもんね」

だからこそ世の中にはUVカットなど紫外線対策用商品が溢れている。UVとはウルトラバイオレットすなわち紫外線のことだ。そしてメラニンが多く濃い肌の色ほど紫外線は体内には入りにくくなる。だから日差しの強い紫外線の強い地域の住人は紫外線を体内に取りこまないように肌の色は濃くなる。

ところが……。

人体に必須のビタミンDを合成するためには、ある程度の紫外線は必要で、紫外線を100パーセントシャットアウトするわけにはいかないのだ。だからアフリカを出て日差しの弱い地方に移り住んだ者たちは多少の紫外線を取りこむために肌の色を薄くした……元々あった知識と結びつけて、一気に僕はそこまで判ってしまった。

「いずれにしろ」

喜多川先生がグラスを揺らす。

「第二次アウト・オブ・アフリカでは氷河期が終わっていたのだから、そのときには、ひ弱な者も強い者も世界に散らばることができた。だが第一次では氷河期だったから、逞しいネアンデルタール人やジャワ原人たちに進化する強い者だけがアフリカを出ることができたのだ。ひ弱な者はアフリカに留まった。それがクロマニヨン人の先祖だ。つまり、さきほど君が言った〝ネアンデルタール人は弱々しくてクロマニヨン人は凶暴〟などというのはまったくの戯言だ」

「実際にはネアンデルタール人が凶暴で、クロマニヨン人は弱々しいんですよ」

僕は駄目を押した。

「でも村木先生は〝ネアンデルタール人はクロマニヨン人に滅ぼされた〟って言ってるんですよ。これってクロマニヨン人が弱々しくはなかったたって事じゃありません？」

「そちらのご老人が何を言おうと関係ありませんよ」

僕はミサキさんの思いこみを正しにかかる。

「ネアンデルタール人は愚かさゆえに自然消滅した。けっしてクロマニヨン人に滅ぼされたわけではない」

「本当ですか？　村木先生」

どうしてミサキさんは著名な喜多川先生よりも無名な村木老人の方を信用しているのだろう？　まったく理解できない。

「ああ……」

村木老人は口籠もる。どうやらここにきて知識がミサキさんの質問についてゆけないようだ。そもそもが生半可な知識でテキトーに酒場の馬鹿話をして若い娘にモテたいと思っただけだろう。ところが思いがけずに本物の歴史の専門家が客としてやってきて化けの皮がはがれた。そんなところか。

「私の感覚ではネアンデルタール人は、そんなに野蛮とは思えんのです」

感覚で語られても困る。

「ネアンデルタール人は野蛮だよ」

「根拠は？」

生意気にもミサキさんが喜多川先生に詰めよる。

「ひとつには、前歯が磨り減っている」

「それは？」

何を意味してるんですか、という言葉をおそらくミサキさんは省略した。

「歯で獣皮を鞣《なめ》していたんだよ」

氷河期、極寒の地に住んでいたのだから毛皮は必需品だったろう。

「それは野蛮な感じがしますね」

「そうだろう」

喜多川先生は深く頷く。

「どうぞ」

突然ミサキさんが人数分の料理を差しだした。頼んでもいないのに。鯨の竜田揚げを食べ終わった後、話に夢中になって、つまみを頼むのを忘れていたのだ。

「うまそうなローストビーフだ」

たしかに厚めにスライスされた肉は外側に焦げ目がつき内側の赤身が食欲をそそる。

「それ、ビーフじゃありません」

「ビーフじゃない？」

「はい」

「じゃあ何の肉だね？」

「鹿です」

「鹿……。鹿肉は硬いから、あまり好みじゃないな」

「それは軟らかいですよ」

喜多川先生はミサキさんに促されるように、おそるおそる鹿のローストを口にする。

「うまい」

「でしょ？」

　ミサキさんはニコッと笑う。

「たしかに鹿肉は熱を加えすぎると硬くなりますけど熱の加え方を工夫して軟らかくできるんです」

「現代人にとっては、ありがたい工夫だな」

「ネアンデルタール人だったら生でバリバリ食べたのかしら」

「ネアンデルタール人が絶滅した時期には大型哺乳類の数が減って兎などの小動物が増えてきたんだよ。ところがネアンデルタール人は小動物を狩ることができなかった」

「どうしてですか？」

　ミサキさんが喜多川先生に質問する。

「弓矢を発明できなかったんだろうね」

「そうか」

「ある程度の大きさの動物なら狩ることはできても、すばしこい小動物は無理だった」

「ある程度の大きさの動物って、もしかして人間も入るのかしら」

「その通りだ。彼らは自分たち同士で殺しあいもしていた。殺傷による人骨が多く発見されている事からもそれは明らかだ」

「野蛮ですよね」

僕は先生の援護射撃をする。必要ないかもしれないけど。

「しかしネアンデルタール人には死者を埋葬する習慣があったのだよ」

ようやく村木老人も話に参加できた。

「そうなんですか？」

村木老人に対するときだけミリキさんの目が輝く気がする。

「ああ。イタリアのモンテ・チルチェオの洞窟では洞窟の一部に石を並べて仲間の頭骨を置く、そんな儀礼があったんだ」

「なんだか厳《おごそ》かですね」

「あら、何かおかしいですか？」

喜多川先生が鼻で笑った。

「それはネアンデルタール人が並べたんじゃない」

「え？」

「ハイエナが並べたんだよ」

「ハイエナが？」

「そうだ。草原などで死んだネアンデルタール人の頭を洞窟に持ちこんだだけだ。洞窟はハイエナのよき棲処《すみか》だったろうからね」

「でも石は？」

「たまたま並んでいるように見えただけだろう。星座だってバラバラに浮かんでる星を都合のいいように結びつけてるだけだ。ただの石の配置が見方によって並んでるようにも見える。それだけだ」

「しかしネアンデルタール人は仲間が死んだときに花を手向けていたのですよ。その季節の折々の花をね」

「まあロマンチック」

「話の腰を折るようですが」

僕は訂正せずにはいられない。

「そのような証拠はどこにもありませんよ」

「そんな事はない」

村木老人が少しムキになって言った。大人げない。

「イラクのシャニダール遺跡に証拠がある。そこで見つかったネアンデルタール人男性の遺骨の周囲で大量の花粉が見つかっておるんです」

僕は喜多川先生を見た。

「たしかに見つかっている」

「喜多川先生……」

「ただしそれは後の時代の花粉が紛れたという見解が今では主流だ」

ほらね。

「先ほどのハイエナではないが花を手向けたのではなく単に風で飛ばされてきたと考える方が自然だ」

村木老人は反論できない。

「たしかに埋葬はしていたが」

喜多川先生が言うと今度はミサキさんが〝ほらね〟という顔をして僕を見た。挑戦的だ。

「ただしそれは屈葬という窮屈なものだ。死者を悼むなどという殊勝な気持ちは持ってなかっただろうな」

村木老人の顔が曇った。

「居住域も限られていた。これは知らない土地を見てみたいという好奇心や冒険心がなかったことを表している」

「限られていたというと？」

好奇心だけは旺盛なミサキさんが訊く。

「ヨーロッパを中心に中東から中央アジアにかけての地域だ」

これ以上、喜多川先生を不毛な議論で煩《わずら》わせるのも忍びないので僕が補足役を買って出る。

「賢いホモ・サピエンスの子孫が第二次アウト・オブ・アフリカを経てクロマニヨン人へと進化する。クロマニヨン人は獣を獲る知恵もあった。フランスのラスコーという洞窟にクロマニヨン人が残した岩絵がある。バイソンに矢が刺さっている岩絵だよ」

「バイソンって野牛ですよね」

「そうだ。その絵がクロマニコン人が狩りをしていた証拠だ」

「でも大昔の話ですから、まだまだ判らないことは、たくさんあると思うんです」

そんな事は当たり前ではないか。だからこそ歴史学や考古学という学問があり喜多川先生のような学者がその探究に日々、邁進しているのだ。そんな根本的なことを今さら持ちだされても困る。

「たとえば先ほど喜多川先生にお話しいただいた第一次アウト・オブ・アフリカ」

「それが何か？」

「強い者がアフリカを出て弱い者は出られなかったと仰いましたよね」

「そうですよ」

「でも、どうして人類はアフリカを出なければいけなかったんですか？」

「さっきも言ったようにアフリカといえども第一次アウト・オブ・アフリカ当時は氷河期で環境は厳しかったろう」

喜多川先生がうんざりしたような口調で答える。

「だから穏やかな気候を求めて人類は土地を移った。それだけの話だ。アフリカには猛獣などの危険も多い」

「それと、もう一つ質問です」

先生の話を聞いているのだろうか？

「どうして人類の祖先はアフリカでだけ生き残ったんでしょうか？」

「さっきも言っただろう。頭がよかったからだ。頭の悪かったネアンデルタール人は自然に滅んでしまった」

「村木先生は〝クロマニヨン人に滅ぼされた説〟ですけど、そもそもネアンデルタール人とクロマニヨン人って一緒の時代に生きていたのかしら？」

ようやく村木説に疑問を抱いたのだろうか？

「クロマニヨン人の登場は約五万年前。ネアンデルタール人はクロマニヨン人がやってくる時代までは生きのびた。まるでクロマニヨン人の登場を待っていたかのようにね」

「ネアンデルタール人が絶滅したのは……」

「クロマニヨン人の登場の一万年後です」

「一万年は一緒にいたんですね」

「そうです。あなたの〝ネアンデルタール人とクロマニヨン人は一緒の時代に生存していたのか？〟という問いの答えはイエスなんです」

「わかりました」

「以前はネアンデルタール人がクロマニヨン人に進化したなどとも考えられていたこともあったんですよ」

「進化したんじゃなくて並行して別々に生きていたってことですね？」

「はい」

相変わらず理解力だけは認めなくてはいけないだろう。

「大して違いのない両者が並行して生きていたのにネアンデルタール人だけが消滅してしまった。これは普通に考えればクロマニヨン人に滅ぼされたという事でしょう」

村木老人がニコニコしながら言う。悪気はないようだ。

「あ、でも村木先生。同じ時代に生きていても同じ場所にいたんですか？　ネアンデルタール人とクロマニヨン人は」

たまには、いい質問をする。

「たとえ同じ時代に生きていたとしても、たとえばアフリカとアメリカにいたんじゃ両者の交流は多分ないって事になりますよね」

「両者は、たとえばイベリア半島では一万年近くも一緒に生存していたよ」

喜多川先生が答えた。

「どちらもイベリア半島に同じ時代に生息していたんだ」

「クロアチアでも少なくとも数千年は共存していた」

敵に塩を送った形か。真実の僕《しもべ》。この辺りは喜多川先生の大きさだ。

「同じ時代に同じ場所で……。両者に交流はあったのかしら」

「クロマニヨン人が言葉を話せたのに対してネアンデルタール人は言葉を話せない。交流など、あろうはずがない」

「そうなんですか」

当時の様子を記録した文書などが残っているはずもないのでハッキリしたことは判らないが、クロマニヨン人は装飾品を作り葬儀も行っていたことなどから、好き、嫌い、嬉しい、悲しいといった感情表現を音声で表したと推測されている。

これに対してネアンデルタール人は声帯の位置などから、そもそも言葉を発することができなかっただろうという意見が多い。

「だとしたら抵抗感は少なかったかもしれないですね」

ミサキさんがポツリと言った。

「抵抗感?」

「殺すときの」

「殺す?」

「一万年近く……」

「クロマニヨン人がネアンデルタール人を」

喜多川先生は答えない。

「そうだろうね。だからネアンデルタール人はクロマニヨン人に滅ぼされたとしても、なんら不思議はないのだよ」

村木老人が口を挟んだ。

「ネアンデルタール人は自然消滅だ。クロマニヨン人に滅ぼされたわけではない」

「どうして自然消滅したんですか？」

「あのねえ君」

喜多川先生の堪忍袋の緒が切れなければよいが……。

「ネアンデルタール人は知能が低かった。たとえば動物の骨を道具の材料にする知恵もなかったんだよ」

「クロマニヨン人には、それがありましたからね。生き残る術に長けていたといえます。ネアンデルタール人は大型動物は狩ることができても兎のような小動物は狩ることができなかった。クロマニヨン人にはそれができた」

また僕が補足する。知恵の差。それが生き残ったか滅んだかの差になった。

「その結果が人口比にも表れている」

「人口比？」

「当時のヨーロッパ及び中近東におけるネアンデルタール人とクロマニヨン人の人口比だよ。1：10ほどだった。もちろんネアンデルタール人が1だ」

「少なかったんですね」

「知恵がなかったから長い間に増えることもできず結局どんどん減っていったんだ」

「ネアンデルタール人の化石は全部合わせても三百人分ほどしか見つかってないしね」

僕はそう補足すると余裕の笑みを浮かべてマティーニを飲みほした。

「喜多川先生。そろそろ帰りませんか？　バーテンダーさんに、ご老人の説が間違っているると教えることができたようですし」

「そうだな」

喜多川先生が財布を出そうとする。

「人間は矛盾した心を持っていると思うんです」

ミサキさんの言葉は唐突だった。

「は？　何の話？」

形だけ財布を出そうとしていた僕は思わず訊き返した。

「乱暴な人が時として優しさを見せたり、逆に、いつもニコニコしている人が時に冷酷な顔を見せたり」

「ああ、ありますねえ、そういうこと」

わけの判らないミサキさんの言葉に村木老人が何の疑義も呈さずに頷いている。

「凶暴なネアンデルタール人にも優しい面があるとでも言いたいのかね？」

さすが喜多川先生だ。わけが判らないと思われたミサキさんの言葉にも、きちんと意味を見いだしてあげている。

「逆です」

「逆？　どういう事かね？」

「凶暴なクロマニヨン人にも優しい面もあった。そう考える事もできるんじゃないかって」

喜多川先生は首を横に振って嘆息すると「お愛想」と無愛想に告げた。ミサキさんは喜多川先生のせっかくの好意を無駄にしてしまった。

「ネアンデルタール人はヨーロッパで四十万年前から生息していたんですよね？」

喜多川先生の「お愛想」という言葉が聞こえなかったんだろうか？

「ヨーロッパで平和に長い間、暮らしていた。急激に滅びるなんて、おかしいですよ」

「それは知恵がなかったからだと言っただろう。兎も狩れなかったし」

「大きさはともかく動物を狩って三十万年以上も存続していたわけですから兎を狩れないことが絶滅の理由にはならないと思うんです」

「だから、今まで狩っていた大型動物の数が減ったんだよ」

せっかく帰るところだったのに喜多川先生がイライラし始めた。

「大型動物の数が減ったとしても、もともとネアンデルタール人は人口が少ないですから食料もそんなに多くは必要なかったでしょう」

喜多川先生は出しかけた財布をポケットにしまった。

「とんでもなく長い間、存続していたのに滅びたのはアフリカから第二次アウト・オブ・アフリカでクロマニヨン人がやってきてからじゃないですか？　クロマニヨン人に滅ぼされたとしても、おかしくはありません。むしろそう考える方が理に適っています。時期的には符合しますよ」

一瞬、喜多川先生が言葉に詰まる。

「時期的には、たまたま重なったが」

「たまたまなんて事があるんでしょうか？」

何をド素人のくせに喜多川先生に逆らっているんだ？

「時期的な符合性を考慮すれば〝たまたま絶滅した〟と考えるより〝クロマニヨン人に滅ぼされた〟と考える方が合理的ではないでしょうか」

「そんな……。人間が一つの種を根絶やしにするなんて」

僕は思わず呟いていた。

「村木先生。人間が一つの種を滅ぼした事ってたくさんあるんじゃないですか？」

美人って性格が悪いんだろうか。

「ありますね」

村木老人は嬉々として答える。

「たとえばオーストラリアのフクロオオカミ。ニホンオオカミもそうでしょう」

ミサキさんは、さりげなくマティーニのお代わりを村木老人に差しだす。

「オオウミガラスも狩猟によって滅ぼされましたよ。モーリシャスのドードーが絶滅したのも人間による乱獲の影響が大きかった」

「しかし同じ人間同士で」

「人間同士でも〝敵〟であるネアンデルタール人を攻撃するのは不思議じゃないと思うんです」

「敵？」

「新しくやってきた民族が先住民族を敵と見なして駆逐することも歴史上、よくあることですよね？」

それはよくある。

「ヨーロッパにやってきたクロマニヨン人だって自分たちと体型が違うネアンデルタール人を見て敵と見なしても不思議じゃないですよね。言葉も話さないとしたら自分たちとは異なる存在と思いそうです。そして駆逐しなければ自分たちの安住の地が得られないとしたら」

僕は反論が思いつかない。

「馬鹿馬鹿しい」

さすが喜多川先生だ。ド素人の言葉を一笑に付す見識をお持ちなのだ。

「体力的にはネアンデルタール人の方が逞しかったんだよ」

「でもクロマニヨン人には知恵があったんですよね？」

「知恵とは優しさのことだ。〝優秀〟の〝優〟は〝やさしい〟と読む」

「さっきも言いましたけど一人の人間の中にも優しさと冷たさが同居してると思うんです」

自分のことを語られても困る。

「たしかに一対一で素手で戦ったらネアンデルタール人が勝つかもしれません。でもクロマニヨン人は弓矢を持っていたんですよね？」

「ああ。彼らには弓矢を作る知恵があった」

「さっき喜多川先生が仰いましたもんね。洞窟の岩絵に証拠が残っていたと。弓矢でバイソンを狩っている絵が」

喜多川先生は苦虫を嚙み潰したような顔になって空になったグラスを弄んでいる。

「新しいカクテルを作りましょうか？」

「あ、ああ」

グラスが空になったことを目敏く見つけたミサキさんが喜多川先生を促す。

「〈オールドパル〉がお薦めです」

「〈オールドパル〉？」

「均等の量のライ・ウィスキー、カンパリ、ドライベルモットを氷と一緒にステアするだけなんです」

「では、それをもらおうか」

「ありがとうございます。お連れさまは？」

「で、では僕も同じものを」

このバーテンダー、意外と商売上手だ。手際もいい。あっという間にカクテルを作って僕と喜多川先生に差しだした。一口飲む。

「いかがですか？」

甘いような苦いような……。古い友人のような味わいだと感じた。

「なかなか、いい」

「よかった」

喜多川先生の言葉にミサキさんはニコッと笑った。

「現代人にとってネアンデルタール人は古い友人のような存在かもしれません。でも、そんな大切な友人を、あたしたちの祖先であるクロマニョン人は……」

「どうしてもクロマニョン人が滅ぼしたというのかね」

「当時はネアンデルタール人よりクロマニョン人の方が圧倒的に多かったって仰いましたよね」

人口比はクロマニョン人が十人に対してネアンデルタール人は一人だった。それにしてもミサキさんは人の言ったことをよく覚えている。バーテンダーとしての資質のうち記憶力だけは褒めてあげてもいい。それと、その美しさも……。ちょっと酔いが回ったかも。

「いくらネアンデルタール人の力が強くても十人のクロマニョン人に囲まれたら一溜《ひとた》まりもないと思うんです」

「ましてクロマニョン人は弓矢を持ってるしね」

とつぜん村木老人が援護射撃をした。弓矢だけに。いや、もともとミサキさんが村木老人の援護射撃をしていたんだったか。

「だからかもしれませんね」

「え？」

「ほら、ネアンデルタール人の人骨に遺された殺傷の痕。喜多川先生は仰いましたよね。殺傷によるネアンデルタール人の人骨が多く発見されているって」

店内に異様な〝気〟が充満し始めたように感じられた。気のせいだろうか。でも、どことなく不気味な雰囲気だ。それは、もしかしたら歴史のド素人のミサキさんが歴《れつき》とした学者である喜多川先生に無謀にも反論を試みているせいかもしれない。そしてその反論に喜多川先生が咄嗟に答えられない事実に由来するとしたら……。いや、まさかそんなことが……。

「それはネアンデルタール人同士の殺しあいじゃなくても、ネアンデルタール人がクロマニヨン人に殺戮された痕だと考えても矛盾しませんよね」

喜多川先生は答えない。たしかにクロマニヨン人に殺されたと考えても矛盾しない……。

「だとしたら〝ネアンデルタール人は自然に滅んだ〟という学説も考え直さなければいけないと思います」

「しかしネアンデルタール人同士で殺しあったと私はずっとその見解で通してきたし、文献にもそうある」

喜多川先生の声が少し上ずったように聞こえたのは気のせいだろうか？

「外敵に囲まれた環境で圧倒的に人口が少ない、いわば窮地に追いこまれているネアンデルタール人が仲間内で殺しあうでしょうか？　種を守ろうとする本能から考えると、それは考えにくい気がします。そうなるとネアンデルタール人同士で殺しあったと考えるよりクロマニヨン人に襲われたと考える方が理に適ってると思うんです」

村木老人が左の手のひらに右手の拳をポンッと当てた。

「ネアンデルタール人とクロマニヨン人は同一の地域に住んでいたとも仰いましたよね？」

どちらもイベリア半島に同じ時代に生息していた。またクロアチアでも少なくとも数千年は共存していた。喜多川先生はそう説明した。僕が授業で学んだ通りだ。

「だったらクロマニヨン人がネアンデルタール人を滅ぼす機会は当然、あったと思うんです」

喜多川先生は手にしたグラスを見つめている。

「知恵では圧倒的にクロマニヨン人が勝っていると喜多川先生に教えていただきました」

ネアンデルタール人は毛皮を前歯で鞣すほど原始的で知恵が回らない、と。

「だからクロマニヨン人が弓矢などの武器を使ってネアンデルタール人を追いつめることなど造作なかったんじゃないでしょうか」

たしかに、それは言えるかもしれない。

「それにネアンデルタール人の骨が洞窟の中で発見されたのはハイエナが運んだって仰いましたけど」

「どこか、おかしいかね？」

　たまらずに喜多川先生が訊いた。

「ハイエナが必ず洞窟の中で食べるとは限らないと思うんです。あたしがテレビのドキュメンタリーで見るハイエナは、死体がある、その場で食べてます」

「ハイエナが運んだのではないと？」

「はい。それに骨の周りに置かれていた石」

「だからそれは」

「偶然、そう見えたって仰いましたよね」

「そうだ」

「偶然、そう見えた可能性もたしかにありますけど意図的に置かれた可能性だってあると思うんです。いえ、むしろ意図的に置かれたと考える方が合理的じゃないかしら」

「つまり埋葬だね？」

　村木老人の問いにミサキさんは頷く。

「ネアンデルタール人にそこまでの知恵はないだろう。せめてぎゅうぎゅうな形で屈葬するのが関の山だ」

　喜多川先生が窘める。

「ネアンデルタール人にそんな知恵はない……」

「そうだ」

「だったらクロマニヨン人が埋葬したとか」

「え？」

僕は思わず声をあげた。

「うん。筋が通ります。きっとそうですよ。洞窟から発見されたネアンデルタール人を埋葬した跡は、クロマニヨン人が埋葬していた跡なんです。これはクロマニヨン人がネアンデルタール人を絶滅に追いこんだ説とも矛盾しないと思うんです」

「クロマニヨン人がネアンデルタール人を殺す理由などない」

僕はホッとした。喜多川先生がようやく決定的な反論をした。これ以上、ド素人のミサキさんに反論する余地を与えない反論を。

「食料にしたんじゃないかしら」

「食料？」

口をあんぐりと開けた喜多川先生にミサキさんが頷く。

「どういう事だ？」

僕は思わず訊いていた。

「当時、クロマニヨン人は動物を狩って食料にしていたんですよね？　洞窟にそれを表す絵が残されていたんですものね」

「そうだ」

「人間も動物です」

判りきったことを……。そう思いながらも僕はミサキさんの言葉の意味することを理解し慄然とした。

「当時の人間にとって生きてゆくために食料を確保することは、それこそ死に物狂いのことだったんじゃないかしら。ねえ村木先生？」

「そうだね」

ここぞとばかりに村木老人が加勢する。それも予《あらかじ》め答えを知っているかのようなミサキさんの問いに頷いただけだ。これでは、どちらが先生か判ったものではない。

「そんな彼らが人間……といっても、われわれ人類とは微妙に種が違うんですよね？」

「うん。現代人の祖先はクロマニヨン人の方だからね。ネアンデルタール人は絶滅した種だ。現代の人類とは直接つながっていない」

今までさんざん喜多川先生が説明したことを後追いで説明している。

「だったらネアンデルタール人を殺すことに現代のわれわれが考えるほどの抵抗はなかったのかもしれません。言葉も通じない相手ですから」

喜多川先生は黙っている。

「クロマニヨン人は弓矢を持って動物を狩って食料としていました。その〝動物〟の中にネアンデルタール人が含まれていたとしても、なんら不思議はないんじゃないでしょうか」

「だとしたら埋葬などするかね？」

「日本でも鯨を食べた人たちが鯨を供養するために鯨塚を作っていましたよね？」

そう言えばそんな話をしていたっけ。

（ネアンデルタール人は自ら消滅したのではなくクロマニヨン人に滅ぼされた）

ミサキさんは判明している事実から、喜多川先生とは、まったく違う結論、古代の風景を導きだしてしまったのか……。

「しかし……」

僕は喜多川先生の反論に期待する。

「種が違うとはいえ、クロマニヨン人とネアンデルタール人は似たもの同士。虎や象とは違う。猿とだって明らかに違う。やはり抵抗はあったはずだ」

「だからかもしれませんね」

「え？」

「花を手向けたのは」

「ん？　何の話だ？」

「埋葬です。ネアンデルタール人の人骨は洞窟に集められ、石を周りに置いて埋葬されていた形跡がありました。だったら、そこに花を手向けたとも」

「あれは風が自然に運んだもので」

「もしかしたらその花はクロマニヨン人が手向けたものかもしれません」

「クロマニヨン人が……」

「それだけの優しさはあったかもしれませんね。喜びや悲しさの感情を持つ、知能が高い優秀な生物でしたから。優秀の優は〝やさしさ〟と読むと喜多川先生が教えてくれましたもんね」

そう言うとミサキさんは呆気に取られて口を開けている喜多川先生に二杯目の〈オールドパル〉を差しだした。

九町は遠すぎる〜八百屋お七異聞〜

ドアが開いたのは喜多川先生が「九町もの道を歩くのは容易じゃない。まして引越しとなるとなおさらだ」と言ったときだった。

「すみません。お留守番をさせてしまって」

そう言いながら、この店の女性バーテンダー――ミサキさんが入ってきた。

奥に坐る常連客らしき村木春造氏は八十歳近くに見える。

先日、初めてこの店に入ったときもこの老人客……村木氏は、いたのだ。そして僕がドアを開けて店に足を踏みいれたときにミサキさんと村木老人がキスをしていたように見えたのだが、もちろん見間違いだと思う。

「いや、頼んだのは、こっちなんだから」

喜多川先生がミサキさんに向かって軽く手を挙げた。

「いま作りますからね」

ミサキさんはそう言いながらドアをしっかり閉めるとカウンターの中に入り手を丁寧に洗うとすばやく調理の用意をする。

「悪いね、わがままを言って」

「いいえ。ニンニクの芽を置いてない、あたしが悪いんです」

「メニューにないんだから仕方がない」

「でも自分が飲みに行くときはニンニクの芽を頼んだりしてるんです。それなのに自分の店に置いてないなんて怠慢ですよね。これからメニューに加えさせていただきます。喜多川先生、ありがとうございます」

ミサキさんはペコリと頭を下げた。

(ミサキさんも他の店に飲みに行くことがあるのか)

そんな事をふと思った。

「こっちも無理を言ったが、わざわざ買いに出かけるとは思わなかったよ」

「近くでニンニクの芽を売ってる店を思いだした以上、作らないわけにはいかないと燃えちゃったんです」

ミサキさんはニコッと笑うと、さっそく料理し始めた。

(この笑顔だ)

一瞬、見とれてしまった。僕はこの笑顔に魅せられつつあるのだろうか?

(いやいや)

僕は首を左右に振って邪念を追い払った。

(僕はただ喜多川先生のお供をして、この店にやってきてるだけだ。けっしてミサキさん目当てではないのだ。魅了されている事などありえない)

包丁を使う音を聞きながら僕はそのことを心の中で確認する。包丁の音が止むとフライパンで炒め物をするジュウジュウという音が聞こえてくる。

「できるまでモスコー・ミュールを飲んでいてください」

今日のカクテルはモスコー・ミュール。ウォッカベースのカクテル。どこにでもあるような縦長のグラスに、カットしたライムを搾って入れて氷も入れる。そこにウォッカとフレッシュライムジュース、ジンジャーエールを加えてマドラーでかき回す。見ているだけでレシピを覚えてしまった。ウォッカとライムジュースの割合に拘《こだわ》らなければ簡単に作れるだろう。

「おいしい」

ジュースのようにおいしくて知らないうちに杯を重ねてしまいそうだ。モスコー・ミュールの味わいが僕に先週の記憶を思いおこさせる。先週、先生とたまたま入ったこの店で思いがけず歴史の話に花が咲き議論になった。村木氏は歴史学者だったのだ。もっとも〝歴史学者〟というのはあくまで〝自称〟だから本当かどうか判ったものではない。〝村木春造〟という名前をネットで調べることもしなかった。本物の歴史学者である喜多川先生が知らないのだから調べる価値もないだろうと判断したのだ。

ただ……。先日の議論は後から考えればなかなか興味深かった。ネアンデルタール人の定説に関する議論だったのだけれど、この老学者はともかく、素人であるミサキさんが歴史の専門家である喜多川先生をハッとさせるような意外に鋭い質問を発して新説を導きだしてしまったのだ。

（まあ、たまたまだろうけど）

目を瞑《つむ》ってバットを振ったら偶然、当たってホームランになった。そのことを確かめるためにも喜多川先生はまたこの店に足を運んだのかもしれない。

「ところで九町って何ですか？」

料理をしながらミサキさんが喜多川先生に訊いてきた。調子に乗りすぎだ。喜多川先生は学界でも注目の学者なのだ。講義を聴きたいのならお金を払うべきだ。

「九町？」

「〝九町もの道を歩くのは容易じゃない。まして引越しとなるとなおさらだ〟って言ってましたよね？」

「ああ」

喜多川先生は、おもしろくなさそうな顔で返事をした。その鼻が少しヒクヒクしている。ニンニクの芽の醬油炒めのいい匂いが漂ってきたのだ。

「八百屋お七の話だよ」

「あら。村木先生のライフワーク」

八百屋お七をライフワークにしているところを見ても村木老人の胡散臭さが判る。

「たまたま村木さんと、そういう話の流れになってね」

「喜多川先生も八百屋お七に興味があるんですか？」

「興味はない。ただ一通りのことは知っているつもりだ」

さすが博覧強記の喜多川先生。歴史に関することで喜多川先生に穴などないだろう。

「さすがですね。あたしは八百屋お七って名前しか知りませんけど」

「名前だけ？」

無知さ加減を隠すでもなく堂々と披露するとは。綺麗な顔をしてる割には、いい度胸をしている。

「はい。できました。ニンニクの芽の醤油炒め。三人分」

ちゃっかり村木老人の分も作っていたのか。香ばしい香りが食欲をそそる。目の前に差しだされた皿にはニンニクの芽に桜エビが塗《まぶ》されている。喜多川先生はさっそく口に運んだ。

「うん、うまい」

「ありがとうございます」

「ニンニクの芽は炒め方が弱いと軟らかすぎて食感が物足りなくなるものだが、これは強火でしっかり炒めている」

喜多川先生は料理にも詳しいのだ。僕も堪らなくなってニンニクの芽の醤油炒めを口に運ぶ。

「うまい」

思わず声が漏れる。ミサキさんがニコッと笑った。

「ところで喜多川先生。八百屋お七って、どんな人なんですか?」

「八百屋お七はね」

喜多川先生に労を執らせるのは忍びないと感じたのか村木老人が説明役を買って出てくれた。

「日本のジャンヌ・ダルクなんですよ」

僕はモスコー・ミュールを噴きだしそうになった。八百屋お七が日本のジャンヌ・ダルク? 何を言っているのだこの老人は。ジャンヌ・ダルクと八百屋お七に何の共通点があるというのだ。

「へえ、そうなんですか」

僕はモスコー・ミュールを噴きだした。荒唐無稽な老学者の珍説を何の疑問もなく受けいれているミサキさんに度肝を抜かれたのだ。

「馬鹿馬鹿しい」

喜多川先生が吐き捨てるように呟いた。ミサキさんはどこ吹く風で僕の目の前のカウンターを布巾で拭いている。

「八百屋お七が日本のジャンヌ・ダルクというのは荒唐無稽な呼称なんですか？」

「当たり前だ」

ミサキさんは少しガッカリしたような顔をした。

「八百屋お七って江戸時代の人ですよね」

それは知ってたのか。

「火炙《ひあぶ》りの刑で処刑された女性だよ。十六歳でね」

「十六歳」

ミサキさんは目を丸くしたまま絶句している。かなりショックを受けたようだ。大昔の人間の話なのに……。感受性が強いのかもしれない。

「だからジャンヌ・ダルクですか」

ようやくミサキさんが言った。

それなら話は判る。ジャンヌ・ダルクはイングランドとの百年戦争で活躍したフランスの国民的ヒロインで、最後は十九歳で火刑に処されている。十代で火炙りにされた女性という点では共通性があるからだ。

「どうして、そんな子供が火炙りの刑になったんですか？」

喜多川先生は溜息をついた。無理もない。この質問では基礎的史実を一から説明しなくてはならない。それは高名な歴史学者である喜多川先生の任ではない。

「放火をしたからですよ」

そのことをまた察したのか村木老人が喜多川先生の代わりに答えた。

「そういえば、そんな話が『ガラスの仮面』に出てきたような気もします」

そっちは知らないが。

「振袖火事の事でしたっけ？」

知ったかぶりはしない方がいい。墓穴を掘るだけだ。

「それとは違う」

ほら。喜多川先生にすぐに訂正された。

「振袖火事は、お七が生まれる十年も前に起きた火事だよ」

「そうだったんですか」

正確には十一年前か。明暦三年（一六五七年）一月に起きた江戸の大半を消失した大火事だ。本来は明暦の大火という。亡くなった少女の振袖を焼いているときに強風に飛ばされ、それが火元となったとの噂から振袖火事とも呼ばれているのだ。

「この火事は死者十万人とも言われて江戸時代最大、いや東京大空襲や震災などを除けば日本史上でも最大の火事だったんですよ」

村木老人が説明役を取り返す。

「まあ」

「江戸は火事が多かったですからね。お七の火事と縁が深いのは振袖火事よりも天和《てんな》二年の大火です。ミサキさん、ご存じですか？」

「いいえ」

「天和二年十二月二十八日――これは西暦では一六八三年一月二十五日に該当しますが、この日にも江戸で大火事があったんです」

村木老人は迷惑がるふうもなく温和な顔で説明した。

「これが天和の大火です」

「勉強になります」

僕も、こんな基本的な知識を教えてもらっただけで〝勉強になります〟と言える時代に戻りたい。

「駒込《こまごめ》の大円寺から出火したと言われています。正午から翌朝五時ごろまで延焼し続けて、死者は三千五百名ほどと推定されています」

「そんなに……」

ミサキさんの顔が少し蒼くなったように思える。

「この火事が、お七火事とも言われているんですよ。もっとも、お七はこの火事では被害者ですがね」

「被害者？」

村木老人が深く頷いた。

「この火事で、お七一家は焼け出されてしまったんです」

「そうなんですか」

「それで一時的な引越しを余儀なくされたわけです」

「自分の住んでる家が焼けちゃったんですものね」

「そういう事です」

「でも、それで、どうして火炙りに？」

「お七は、この大火のおよそふた月後、放火したんですよ」

「ふた月後に放火……」

「その火事は小火《ぼや》で済みましたがね。それでも放火は大罪です」

「それで火炙りに……」

「そういう事です。お七は鈴ヶ森刑場で処刑されました」

「でも、どうしてお七は放火したんですか？」

「それなんですがね」

村木老人がニコニコとした顔で説明しようとする。たとえド素人相手であっても話ができるのは嬉しいのだろう。

「家が焼けたお七は寺に避難したんです」

　ミサキさんも村木老人の説明を身を乗りだすようにして聞いている。

「その寺に若い寺小姓がいたんですよ」

「寺小姓……」

「様子のいい若者だったんでしょうねえ。お七はその若者に恋をしたんです」

「ロマンチックですねえ」

　ミサキさんはウットリとした顔をした。

「ところが」

　村木老人の顔から笑みが消える。

「家が再建されれば、お七一家も避難先だった寺を離れることになります」

「ですよね」

「再建された家に戻ってからも、寺小姓に会いたいというお七の思いは募るばかり」

「それで、また火事を起こした？」

「その通りです」

　ミサキさんは察しは、かなりいい。

「火事が起きたらまた会える」

「『雨の慕情』だな」

「喜多川先生、何ですか？　それは」

「八代亜紀の歌だ」

僕は歌謡曲というものに、まったく興味がないので、その歌のことは知らない。八代亜紀というのが演歌歌手の名前だということを辛うじて知っているぐらいだ。

「なるほど。火事になったら、また恋しい人と会えるというお七の気持ちを『雨の慕情』で歌われる〝雨が降ったら恋しい人にまた会える〟という心情に重ねたわけですな」

「ですね」

またミサキさんが笑顔を見せた。

「でもあたしは、どっちかと言ったら森昌子の『夕顔の雨』の方が好きなんです」

はあ？

「♪　夕顔　つんだら　雨になる　雨が降ったら　また逢える」

客を前に歌いだすというのはバーテンダーとしてはちょっとおかしい。歌はうまいけど。綺麗な声だけど。

「知らないな」

喜多川先生がポツリと呟いた。非常識なバーテンダーに対する巧みな皮肉だろう。あからさまに非難したら若い女性であるミサキさんが傷つくと思って皮肉をオブラートに包んだ。因《ちな》みに〝オブラートに包む〟という言い方は喜多川先生に教わったものだ。僕自身はオブラートなる物を見たことがない。

「知らないんですか？」

　ミサキさんは心底、意外そうな顔をした。

「ダメですね～」

　僕は飲みほそうとしたモスコー・ミュールを噴きだした。ミサキさんはカウンターを拭く。僕は無言でその様子を眺めていた。

（あまりにもツッコミどころが多すぎる）

　その思いが頭を渦巻いて自分が噴きだしたことに対する謝罪を忘れていたのだ。

「すみません」

　ようやく謝ることができた。

　ミサキさんはお代わりのモスコー・ミュールを作るためにグラスに手を伸ばした。

「つまり八百屋お七は恋のお話なんですね」

「そう言われている」

　喜多川先生が面倒臭そうに答える。

「それだけではない気がしますよ」

「それだけじゃない？」

　村木老人の言葉に僕は思わず頓狂な声をあげてしまった。

「八百屋お七もジャンヌ・ダルクのように敵と戦う戦士だったという気がしてならないんです」

言ってる意味が判らない。喜多川先生は首を左右に振っている。先生がよくやる呆れているときの仕草だ。

「戦う戦士……。八百屋お七は単なる恋の物語でしょう」

「違うと思いますね」

「あたしも違うと思います」

はあ？　八百屋お七自体をよく知らなかったのに何を言ってるんだ？

「なぜ、そう思うのかね？」

たまりかねた喜多川先生が訊いた。おそらく質問の形に変えた叱責のつもりだろう。

「だって、会いたいなら火事なんか起こさなくても会いに行けますもんね」

「いい着眼点ですね」

頭が痛くなってきた。ミサキさんのド素人丸出しの発言を仮にも歴史学者を名乗る村木老人が真剣に受けとめている。

「〝男に会いたいために火事を起こした〟という部分は井原西鶴の創作だよ」

たまりかねた喜多川先生が真実を教えた。

「え、そうなんですか？」

　ミサキさんが知らないのは当然として、もしかするとミサキさんの話に同調していた〝歴史学者〟の村木老人も知らなかったのではないか。

「やっぱり男に会うために火事を起こしたなんて、なかったんですね」

「そういう事だ」

「だとしたら村木先生の〝日本のジャンヌ・ダルク〟という説を進められそうです」

　話を自分の都合のいい方に解釈する能力には感心する。

「さっき喜多川先生が仰っていた〝九町もの道を歩くのは容易じゃない。まして引越しとなるとなおさらだ〟という言葉からお七の議論が始まりましたけど、あれはどういう意味なんでしょうか？」

「あれは……」

　人のいい喜多川先生はミサキさんの無邪気な質問にもつきあおうとする。

「九町というのはお七の家から避難先の吉祥寺までの距離だ」

「吉祥寺？」

「といっても中央線の吉祥寺じゃない。駒込の吉祥寺」

「駒込にも吉祥寺があるんですか？」

「地名じゃなくて寺としての吉祥寺だよ」

「お寺……」

「中央線の吉祥寺駅は東京都武蔵野市ですね」

村木老人が口を挟む。

「明暦の大火によって江戸本郷にあった吉祥寺の門前町が消失してしまったんです。それで武蔵野市に再建したのが今の吉祥寺なんですよ。移住した人たちは吉祥寺に愛着を持っていましたから移住先の村の名前を吉祥寺村としたんです」

「そうなんですか」

「そのときに寺は元の場所に残ったんですが翌年にも火事に遭いましてね。現在の駒込に移転したんです」

研究テーマというだけあって知識は、そこそこあるようだ。

「火事と喧嘩は江戸の華と言いますからねえ」

ミサキさんも知ったかぶりをする。生半可な知識は怪我の元だぞ。

「そこに、お七は避難したんですね」

「西鶴の本には、そう書かれています。正仙院という寺に移ったと書かれている本もありますが正仙院という寺は実在の寺として確認ができないんです」

「そうですか」

「お七の家は現在の文京区向丘《むこうがおか》二丁目の交差点辺りだと思われています」

「そこから避難先の駒込吉祥寺までが九町なんですか？」

「そうです。直線距離にして約一キロ。一町が百九メートルほどですから一キロは約九町になりますね」

「なるほど」

「自動車などを使える現代では、さほど遠くは感じられませんが歩きが主体の当時、火事で焼けだされて避難するには九町は少し遠すぎるのではないかと、そういう話をしていたんだよ」

喜多川先生が二人の話に割って入った。

「まして引越しとなると荷物もたくさん抱えてるでしょうからねえ」

「そういう事だ」

ようやくミサキさんにも話が呑みこめただろう。

（待てよ）

僕の頭の片隅にある考えが浮かんだ。

（今夜は村木老人の化けの皮を剝いでやろう）

村木老人は歴史学者という触れこみだけどアマチュア研究家に過ぎない。それも、どこまで本気で研究しているのか怪しいものだ。おおかた若い女性にモテたいために歴史学者などと法螺《ほら》を吹いているのではないか。それを僕が暴いてみせる。これはミサキさんのためでもある。実際、心なしかミサキさんは村木老人に特別な好意を持っている気がするから。

「村木さん」

僕は村木老人に話しかけた。

「何だね？」

「どうして八百屋お七がジャンヌ・ダルクと関係があるのか教えてもらえませんか？」

「それはいろいろ……。勘と言いますか」

「勘って……」

やはりそうか。大した根拠などなかったのだ。

「戯《ざ》れ言《ごと》の類か。学者が検討するような事でもなさそうだ」

喜多川先生が呟く。

「でも」

ミサキさんが口を挟む。

「あたしは訊きたいわ。八百屋お七が日本のジャンヌ・ダルクって」

図らずもミサキさんが村木老人を追い込む形になってしまった。村木老人も、ここまで話を掘りさげられるとは思ってなかっただろう。さあ、どうする村木さん。

「ジャンヌ・ダルクって百年戦争で活躍したフランスの少女ですよね」

「そうです、そうです。フランスを解放するために戦った少女です」

村木老人が元気よく言う。

「お七も日本を解放するために戦ったのかしら？」

「そういう事になりますね」

村木老人はミサキさんに導かれるように話しだしたけど墓穴を掘っていることに気づいてないようだ。いずれ論拠が破綻して行き詰まることは必至だ。

「先ほど村木先生は、お七は単に恋しい男に会いたいために火をつけたわけじゃないって仰いましたけど、それじゃあ、いったい何のために火をつけたのかしら？」

「それは」

「もしかして革命ですか？」

ミサキさんの言葉に村木老人がポンッと手を打つ。ミサキさんが正解を言い当てたから手を打ったのか、それとも自分でも考えつかなかった言葉を教示されたから手を打ったのか判らないけど。

「革命？」

この話に参加したくなかったろう喜多川先生が思わずといった感じで頓狂な声をあげた。それほどミサキさんの言葉＝村木老人の説は荒唐無稽だったのだ。

「どんな説を唱えるのも結構だが八百屋お七が恋しい男に会いたいために火をつけたというのは小説の話だ。そもそもが小説なのだから、それを否定してもしょうがない」

喜多川先生は空になったグラスを手に持つとカラカラと振って見せた。お代わりの催促を見てとったミサキさんは、すぐにモスコー・ミュールを作り始める。

「八百屋お七が放火の罪で処刑されたことは史実だ。だがそれ以上の事実はほとんど判っていない。男に会いたいために放火したというのは井原西鶴の『好色五人女』に書かれた創作なんだよ。つまり事実ではない」

「でも」

何が〝でも〟だ。喜多川先生のご高説には〝判りました〟と答えておけばいい。

「村木先生が〝革命のため〟と思った根拠が何かおありなんじゃないかしら？」

ミサキさんは答えを期待するように村木老人に顔を向けた。

「根拠など、あるわけがない」

喜多川先生が呟く。

「根拠は、まさに喜多川先生が仰った事なんじゃないですか？」

「私が言ったこと？」

「はい」

「どういう事かな？」

喜多川先生が、おもしろくなさそうに訊く。ミサキさん、もうやめといた方が……。

「つまり九町もの道を歩くのは容易じゃない。まして引越しとなるとなおさらだって事です」

村木老人は頷いている。

「言ってる意味がよく判らないが？」

喜多川先生の皮肉を込めた質問が飛ぶ。

「私が言った、その言葉だけでは何も推測のしようがないし」

「はたして、そうでしょうか」

ミサキさんが執拗に喜多川先生の論旨に反抗する意味が判らない。

「九町もの道を歩くのは容易じゃない。まして引越しとなるとなおさらだという事実からだけでも様々なことを推論することは可能だと思うんです」

あまり無茶なことを言わない方がいい。

「たとえば？」

「そうですねえ」

ミサキさんは、しばし考えた。

「たとえば、お七一家は仮の宿に九町先という、かなり遠いお寺を選んでますけど、どうしてでしょう？」

どうしてでしょうと言われても……。

「引越し先は、他にもあったと思うんです」

「一家を丸ごと引き受けるとなると長屋の他の部屋に移るというわけにもいかないでしょう。お寺だったら広いから引き受けられます」

僕は反論した。

「寺の役割としても市民を救済するという行為は理に適ってる」

喜多川先生が味方をしてくれた。

「もっと近い寺もあったでしょう」

ミサキさんはなかなか諦めない。

「なのに、どうしてそのお寺だったのかしら？」

何を言いたいのだ？

「これは、そのお寺でないといけない理由があったんじゃないでしょうか」

ミサキさんの言葉に虚を衝かれた。いや、虚を衝かれたのは僕だけだろう。喜多川先生はミサキさんが、たまたま口にした言葉など意に介さないはずだ。僕は喜多川先生を見た。先生は眉間に皺を寄せている。

（これは……）

喜多川先生がイライラしているときの顔だ。ミサキさんがまた喜多川先生を怒らせてしまったのだ。

（知らないぞ）

喜多川先生は怒ると怖い。怒らせた相手を徹底的に叩きのめさないと気が済まないのだ。

「その寺でなければ、いけない理由とは？」

「たとえば……」

ミサキさんはしばし考える。

「わかりません」

ほら。

「今度、時間があるときに、そのお寺に行ってみたいわ。現場百遍《ひゃっぺん》って言うでしょう？」

刑事ドラマの見過ぎだ。

「お七が身を寄せたお寺はその後、どうなったんですか？」

「あれは……」

喜多川先生が記憶を辿る。

「記録から消えたたな」

「消えた？」

ミサキさんは必要以上に大きな声で驚いたように見受けられる。

「そういえば、そうですね」

喜多川先生の答えに村木老人が出しゃばって乗っかっている。

「そうだ。その寺は現存していないんだよ」

「そうなんですか」

喜多川先生が制裁を加えるまでもなくミサキさんは自分から馬脚を露《あら》わし恥を晒した。いわゆる公開処刑だ。

「どうしてないんですか？」

「そこまでは知らないよ」

喜多川先生は不機嫌そうに答えた。

「昔の話だ。史料も残っていないだろう」

それでも喜多川先生は律儀に答えている。だいたい、さして問題にすることでもない。昔の建物、施設がなくなることは、よくあることだ。現代でも、商店街、繁華街の店舗は、しょっちゅう入れ替わっている。

「どうして消えたんでしょうねえ」

ミサキさんは右手の人差し指を立てて頬に当てた。危うく萌えそうになって必死に堪《こら》える。

「もしかしたら、お七の処刑のあと、取り壊されたのかもしれませんね」

「はあ？」

思わず声が出てしまった。

「取り壊された？」

「お七の処刑が関係しているとでも言うのかね？」

喜多川先生が割って入る。

「はい。つまり、そのお寺が倒幕派のアジトだということが判明したから取り壊された……」

理屈は合う。ただし〝お寺が倒幕派のアジトだ〟という前提が正しければ、の話だ。

「なるほど」

村木老人もミサキさんの意見に安易に感心している。やはりこの老人は歴史学者ではないのだろう。

「本気かね？」

「喜多川先生」

僕は小声で喜多川先生に声をかける。

「先生がつきあう事ないですよ、こんな戯れ言に」

「それはそうだが」

「アジトだったから取り壊されたと考えると腑に落ちますよね？」

ミサキさんが独り言のように言った。

「幕府に抵抗するような勢力のアジトだったら……」

何を馬鹿なとミサキさんを窘めようとしたとき村木老人が「たしかに」と合いの手を入れてしまった。

「江戸時代は最後には明治維新によって、つまり幕府に抵抗する勢力によって崩壊したわけだから、そういう勢力がいても、おかしくはありませんね」

僕は村木老人によって反論の糸口を摘まれてしまった。

「だからなんですね」

「何が？」

「恋の話じゃないという村木先生の説。腑に落ちました」

「何がどう腑に落ちたと言うんだね」

「先生……」

僕は喜多川先生の袖を引いたが先生は気づかないようだ。

「寺の小僧は、お七の恋の相手じゃなくて反乱軍の仲間だったんですよ」

「反乱軍……」

「ええ。明治維新と同じです」

「時代が違いますよ」

喜多川先生が村木老人に顔を向けて言った。そうそう、僕もそう言いたかったのだ。

さすがは喜多川先生。

「お七が処刑された年は西暦でいうと一六八三年です。明治維新は一八六八年ですよ」

学者としては無名でも年上であろう村木老人にはきちんと敬語で話すところは喜多川先生も人間ができている。

「二百年近い隔たりがある」

「そんなに、あるんですか」

ミサキさんが素で驚いている。そんなに隔たりがあるのだから〝幕府に抵抗〟云々《うんぬん》は話にならない。

「江戸時代は、少なくとも初期の江戸時代は天下太平な時代だったんですよ」

僕は喜多川先生の代わりにミサキさんに教えてあげた。

「幕府に反感を抱いていた輩は全然いなかったんですか？」

ミサキさんは意外にしつこい性格だ。

「そんな輩は」

「由井正雪がいました」

僕の言葉を遮って村木老人が大きな声を出した。

「ユイショーセツ？」

ミサキさんの問いかけに村木老人が頷く。

「誰ですか？　それは」

「政府転覆を企てて失敗して自害した革命家です」

そうだった。喜多川先生の弟子ともあろうこの僕が由井正雪の存在を忘れていた。

「そんな人がいたんですか」

「〝い〟は井戸の井のほかに比較の比とも書きますがね」

村木老人は字を説明した。

「由井正雪は江戸時代の兵学者です。もともと駿河の人だったんですが江戸に出て兵学の塾を開いて、たくさんの門弟を集めます」

「吉田松陰のような人？」

まったく……。反応が単純すぎる。

「そうです、そうです」

だけど村木老人は嬉しそうに相槌を打った。

「兵学ですから門弟は町人ではなく旗本や藩士が中心です」

「優秀な幕臣をたくさん育てたんでしょうね」

「ところが」

村木老人の目がにわかに険しくなった。

「由井正雪は幕政を批判して倒幕を図ったんです」

「まあ」

「こういう点でも吉田松陰的と言えますかな？」

「ですね」

「四代将軍・徳川家綱が十一歳で将軍になった頃ですよ」

「十一歳だと実力家老の傀儡《かいらい》でしょうね。そんなところからも不満が募ったのかしら」

「そうかもしれません。もちろん倒幕計画は失敗して由井正雪は自害します。俗に言う慶安事件ですな」

「いつ頃のお話ですか？」

「慶安四年、すなわち西暦一六五一年です」

「一六五一年……。お七の時代と近いですね」

「あ」

僕は思わず間抜けな声を出してしまった。

「お七が火事を起こしたのは一六八三年ですよね？」

「はい」

「同じ一六〇〇年代後半。この時代、けっして太平だけの時代ではなかったんじゃないかしら」

むかつく。僕の説を真っ向から批判されたのだ。しかもド素人に。

「幕府に不満を持つ輩はいつだっていますよ」

僕はミサキさんに意見する。

「ですよね。だったら、お七の時代に幕府転覆を狙う輩がいても不思議じゃありませんよね」

屁理屈は達者だ。

「だけど具体的にどんな不満があったと言うんですか、お七は」

僕は反論を試みる。

「村木先生。由井正雪の不満は具体的にはどんなものだったんですか？」

「一言で言えば旗本たちの不満ですよ」

「旗本たちの……」

「そうです。その当時、大名、旗本の改易、つまりお家の取りつぶしによって多くの浪人たちが生まれたんです。その結果、仕官の道が狭くなって不満が募ったんですよ」

「平和が長く続いて戦争を望む浪人が増えたってこと？」

僕は非難の意を込めて独り言を装った質問をする。

「そんな例はないのかしら？」

「西郷隆盛が起こした西南戦争にもそんな側面がありましたね」

ミサキさんの疑問に村木老人が答える。

「由井正雪の翌年にも別木《べつき》庄左衛門らによる浪人反乱計画が発覚してますしね」

僕は博学ぶりをミサキさんに見せつける。

「じゃあ、やっぱり特殊なことではないんですね、幕府への反抗」

しまった。僕が墓穴を掘った形になってしまった。

「仮にそうだとしても」

喜多川先生が僕の失敗をなしにしてくれそうだ。

「幕府転覆を企てる連中と、お七との繋がりは全くない」

その通りだ。

「どうしてお七の放火が発覚したのかしら？」

「え？」

僕は思わず訊き返してしまった。お人好しの僕は、どうもミサキさんのペースに乗せられてしまう。

「だって自分の家が燃えたんですよね？」

「その通りだ。その家に住んでる者がいちばん火をつけやすいだろう」

「普通は誰か恨みを持つ人の仕業だと思いませんか？」

「だから何だと言うんだね？」

喜多川先生がかなりイライラしてきた。その気持ち、すごくよく判る。

「普通だったら、その家に恨みを持つ者の犯行だと思われるのに、捕まったのはその家の住人。それも娘です。百歩譲って娘が犯人だとしても親はそのことを隠そうとするんじゃないかしら」

ミサキさんに百歩譲られる謂われはない。

「捕《と》り方《かた》だって、まさか、その家の住人が自分の家に火をつけただなんて思いませんものね」

君は捕り方と知りあいなのか。

「それなのにお七が捕まった。そこに作為的なものを感じるんです」

ミサキさんは喜多川先生にお代わりのモスコー・ミュールを差しだす。喜多川先生は受けとるなり一口飲んだ。「うまい」と声にならない声で呟いた気がする。

「作為的も何も、もともと放火をした動機……すなわち恋の相手に会いたいから、などというのは創作だからね」

「ほぼ唯一の歴史資料である戸田茂睡《もすい》の『御当代記』には〝お七という名前の娘が放火して処刑された〟とあるだけですから」

弟子の僕が答える。これで村木老人とミサキさんの妄想が崩壊した。夢を見ていた二人には少し、かわいそうな気もするけど現実を知らせておいた方がいい。

『御当代記』の著者、戸田茂睡は歌学者として知られている人物で実家は徳川家に仕える武家だった。『御当代記』は五代将軍、徳川綱吉が新将軍になった延宝八年から茂睡が亡くなる四年前の元禄十五年までの二十二年間の政治、社会の見聞録だ。もちろん信憑性の高い史料となっている。その『御当代記』によれば、お七の事件は〝駒込のお七付火之事、此三月之事にて二十日時分よりさらされし也〟と記されている。

「それなのに、どうして恋の話が流布してるかというと先ほども言ったように井原西鶴が『好色五人女』という小説集に書いてるからですよ」

そう。あくまでフィクションなのだ。

「ということは、創作ができるほど、お七の火付けは当時の江戸では有名な事件だったとも言えますよね？」

「そうでしょうな」

村木老人が答える。

「だったら事実とかけ離れた創作は、そうそうしないと思うんです」

「なるほど」

「事件を知ってる町人たちが楽しむために創作されたんでしょうから」

「あまり事実とかけ離れた創作ではなかった。近い出来事はあったということですな」

「はい」

なんだか雲行きが怪しくなってきた。

「その小説が書かれたのはいつ頃でしょうか？」

まだ何かを探ろうとしているのか？

「お七が処刑された三年後ですよ」

それでも人のいい僕はミサキさんに丁寧に教えてあげる。

「三年後……」

「それが何か？」

「事件の記憶が新しい頃ですね」

「あ」

「そうですよ。みんなが、まだ事件のことを生々しく覚えている時期だと思うんです」

「当時は娯楽が少なかったから実際の事件などは大いに話題にして記憶していたでしょうからねえ」

村木老人が駄目を押す。

「だから事実と違うことは書けないと？」

「はい。小説ですから多少は違う部分も出てくるでしょうけど大筋は事実に即しているんじゃないかしら」

喜多川先生が考えこんでいる。

「八百屋お七の恋に関する創作は『好色五人女』が最初ですか？」

「ええと」

村木老人が記憶を辿る。歳を取ってくると覚えているはずの知識を脳の保管庫から取りだしてくるのに時間がかかるようだ。

「思いだしました。『好色五人女』が出たのと同じ頃に『天和笑委集』が出版されていますが、そこに詳しく取りあげられてるんですよ」

思ったよりも知識はあるようだ。もちろん喜多川門下生である僕も知ってるけれど。

「テンナショーイシュー？」

「江戸時代の火事の見聞記ですよ。作者は不明だけど天和の次の貞享《じょうきょう》年間に成立しています」

「実話なんですか？」

「古来より実話とされていますね」

「比較的信憑性は高いものの今では巷説《こうせつ》を含むとされている」

喜多川先生が釘を刺すように言った。

「巷説って噂話ってことですよね」

「そういう事だ」

けっして真実じゃない。

「火事があってからすぐの噂ですから、やっぱり真実に近い気がします」

めげない人だ。

「火事と喧嘩は江戸の華というぐらいですから、その本には多くの火事の記録が載っているんでしょうね」

「全十三章のうち、一章から九章までは火災全般、十章から十三章までは放火犯の記録となっていますね」

「お七の話は第何章に書かれてるんですか？」

「十一章から十三章までですよ」

「そんなに長く？」

これは僕も少し意外だった。『天和笑委集』にお七の話が収録されているのは知っていたけど、その分量までは知らなかったのだ。村木老人が、お七の研究をライフワークにしているというのはあながち口から出任せではないのかもしれない。

「ということは、それだけ当時の人の関心が高かったんですね」

「そうなりますね」

「しかも火事があってから日が浅いうちに書かれたのだから事実に即して書かれたと考える方が自然のような気がします」

言われてみると一理あるかもしれない。

「他の火事の記録はどうなんですか？」

「他の火事？」

「『天和笑委集』に書かれているお七のつけ火以外の火事です。事実に即してるんでしょうか？」

「即しています」

村木老人が即答した。

「史実と照らし合わせると『天和笑委集』の記述は極めて信憑性が高いと言えましょうな」

僕は喜多川先生を見た。何の反論もしないところを見ると村木老人の言葉は事実なのだろう。

「だったらお七の記録も事実に即していると見て間違いないようですね」

やはり喜多川先生は反論しない。ここまでは認めていいのか。

「多少の誇張や脚色があったとしても、それは事実を元にした誇張や脚色でしょうし」

「恋の話も事実に即していると？」

「いえ、むしろ、そこが脚色の部分じゃないでしょうか」

「恋の部分が脚色？」

「ええ。恋というのは心の内のものです。それこそ他人には判らない部分があります。だからこそ脚色しても事実か事実じゃないかは判らないし、おもしろおかしくするために脚色したとしても不思議じゃないと思うんです」

「なるほど」

「でも引越したのは事実だと思うんです。この部分は心の問題じゃなくて、それこそ〝事実〟だから」

筋は通っている。だけど……。

「それが、どうかしたのか？」

喜多川先生が反論してくれた。そう。お七が引越そうが家を建て直そうがどうでもいい事だ。

「もう一つ事実を言うと、お七は小火《ぼや》で火炙りになりました。少し可哀想だと思いませんか？」

「それが当時の相場なら致し方ないな」

「でも小火で」

しつこい。

「小火で火炙りって、なんだか、しっくりこないんです」

「何が言いたいんだ？」

「お七は本当は、もっと大きな罪で処刑されたんじゃないかしら」

喜多川先生の頬がピクリと動いた。

「大きな罪？」

「ええ」

「たとえば？」

「天和の大火」

「は？」

何を言いだしたのか。

「どういう事だ？」

喜多川先生も僕と同じ気持ちらしい。

「つまり、お七の本当の罪は天和の大火を引きおこした事じゃないかって思ったんです。そう考えると一番しっくりくるんです」

〝しっくり〟の意味を根本的に変えなくてはならない事態に直面した。お七が天和の大火を引きおこしたなどとは無茶苦茶だ。

「どこがどう〝しっくり〟くるんだね？」

やはり喜多川先生もミサキさんの日本語力を問題にしているようだ。

「処刑された理由です。天和の大火ほどの大罪を犯したからこそ処刑された」

「だったらなぜ、その事が記録に残ってないんだ？」

その通りだ。ミサキさんは喜多川先生に瞬殺された。

「幕府にとって都合が悪い動機だ。だから隠したんじゃないかしら」

「幕府にとって都合が悪い？」

「ええ。つまり幕府転覆を企てて火をつけたってことです。こんなことが公になったら、また真似をする輩が現れても不思議じゃないですよね」

「なるほど」

村木老人が深く頷く。もともと、これは村木老人の説じゃなかったのか。それなのにミサキさんの説明で初めて納得したような顔を見せるとは、やはり村木老人の説はいい加減なものだったのだ。

（それにしても……）

村木老人はともかくミサキさんはめげない人だ。喜多川先生の説得にも少しも怯むことがない。

「火をつけるという犯罪は、やろうと思えば誰にでもできますからな」

少なくとも僕にはできない。

「そんな意図が広まってしまっては、また放火が起きないとも限らない。幕府は、それを恐れた」

「はい」

何が〝はい〟だ。

「でも大罪人を処刑しないわけにはいかない。だから新たな犯罪をこしらえて処刑したんです」

「なるほど、しっくりきますな」

〝しっくり〟は村木老人とミサキさんの間では違和感なく使われているようだ。

「幕府にとって都合が悪いから〝恋の相手にまた会いたい〟などという嘘の情報をでっちあげたってことも考えられますね」

「それが噂になって井原西鶴も小説に取りいれたってわけですか。でも実は天和の大火を引きおこしたという大罪が処刑の理由だった」

「はい。そのことを暗に示すために嘘の罪状もやはり〝放火〟にしたんです」

「待ちなさい」

ここまでいいように言われたら喜多川先生だって黙ってはいない。

「そもそも、お七の動機は？」

そうだ。そこを質さないで議論をしても始まらない。

「村木先生が仰ったように倒幕です」

「倒幕って……」

「時代背景に矛盾はありませんよね。由井正雪の倒幕運動と近い時期ですし」

「真相は不明ですけどね」

僕は一言、釘を刺した。

「火事によって倒幕というのは突飛ですか？」

「いや、そんな事はありません」

村木老人の目が活き活きとしてきた。

「西郷隆盛も倒幕のために江戸に総攻撃をかけるつもりでした。当然、町は戦火にまみれます」

「ですよね」

「それを迎え撃つ勝海舟は逆に江戸の町に火をつけて敵の進軍を無にしようと計画していたそうです」

「いずれにしろ〝火〟が政府転覆を左右する重大な力になるという認識はあったんですね」

「そうなります」

村木老人の言葉に喜多川先生は首を横に振っている。

「反政府運動をしようという連中は一定数いたんですかね」

「由井正雪門下の流れなど、ある程度まとまった人数はいたと思います」

「由井正雪は、ただのいかれた男で、時代の反逆児だったのかもしれませんよ」

僕は村木説の不備を突いた。

「だいたい天下太平の時代ですからね。平和が長く続いていています」

「いい時代だったんですねえ」

「そうですとも」

ようやくミサキさんも村木老人より僕の意見に耳を傾けるようになったか。

「でも浪人も増えたりして」

僕の頬がピクリと動いた。

「つまり失業する武士たちです。戦がないんですものね」

「いい事じゃないか」

「もちろん理想的なことです。でも由井正雪みたいに争いごとを好むような人にとっては、どうでしょうか？」

「由井正雪は、けっして争いごとを好んでいたわけではない。あくまで人民のために幕府を倒そうと思ったんだよ」

「平和な時代に、ですよね？」

喜多川先生に刃向かってくるとは信じがたい素人さんだ。

「平和な時代に由井正雪が倒幕の狼煙《のろし》を上げたように、平和なお七の時代にも仕事にあぶれた浪人たちは幕府に不満を持っていたんじゃないかしら」

「いつの時代にもそういう輩はいるものです」

「〝かぶき者〟ですな」

「かぶきもの？」

「〝傾奇者〟あるいは〝歌舞伎者〟とも書きますが要するに無頼の徒です」

「ならず者ですか？」

「そういう事です。〝かぶき〟は〝傾《かぶ》く〟から出た言葉で〝普通でない行動〟や〝普通でない風俗〟のことですよ」

「いつ頃の話ですか？」

「江戸初期です。一六〇〇年の関ヶ原の戦い以降、京都から流行り始めましてね。彼らの多くは武家奉公人なんですよ」

「武家奉公人が、ならず者に？」

「幕府に対する不満が充満していたんでしょうな」

「具体的にはどんな事をしたんですか？」

「特に歴史上の大事件を起こしたというわけではありませんが異様な風体で町を練り歩いて横暴に振る舞っていたんです」

「迷惑ですね」

「幕府は弾圧を加えましたが意外と民衆の支持もあったんです」

「民衆も歌舞伎者たちの心情がよく判ったから、という事なんでしょうか？」

「そうなりますね」

勝手に話を続けている。

「由井正雪の乱も、そんな流れの延長線上にあるのかもしれませんね」

「ですな」

「お七の乱も」

勝手に乱にしないでほしい。

「しかし」

喜多川先生が二人の会話に割って入った。

「お七の時代に幕府への不満が高まっていたという具体的な証拠は何一つない」

「幕府の締めつけが厳しくなって庶民の不満が高まるような政策はなかったのかしら」

「そういえば」

ミサキさんの質問にインスピレーションを刺激されたのか村木老人の顔に生気のようなものが表れた。

「関所が整備されましたな」

「関所？」

「街道、関所の整備が行われています」

「つまり引き締めが厳しくなったって事ですね」

「ですな」

「社会がなんとなく息苦しくなってきてるって感じる事はあるかもしれませんね。その息苦しさを阻止しようとした……。実際にその当時の社会ってどうだったのかしら。村木先生。何か思い当たりませんか？」

「そうですね」

またもやミサキさんに頼りにされた村木老人は考える。

「何かそんな政策が発布されたとか」

「そういえばお七の処刑の四年後に生類憐れみの令が発布されています」

「それだわ」

「え？」

「お七のグループは、それを阻止しようとした」

「四年後の政策が判ると言うんですか？」

「具体的には判らなくても息苦しさは感じていると思うんです。犬も自由に扱えないような社会になったら厭《いや》ですよね？」

「そりゃあ厭ですよ」

僕はしぶしぶ答えた。その点に関してはその通りだと思ったからだ。

「だけど、お七は処刑されて、生類憐れみの令は発布された」

包丁の音が聞こえる。ミサキさんが野菜を刻んでいるようだ。

「整理してみましょうか」

ミサキさんが刻んだ野菜をミキサーにかけながら言う。

「あたしは外出先から店に戻ってきたとき喜多川先生が仰った〝九町もの道を歩くのは容易じゃない。まして引越しとなるとなおさらだ〟という言葉を聞きました」

喜多川先生が頷く。

「その言葉を受けて今度は村木先生が〝八百屋お七は日本のジャンヌ・ダルク説〟を披露してくれました」

村木老人が頷く。

「初めは荒唐無稽な説に思いましたけど説明を聞くとあながち、ありえない話ではないと思えてきました」

説明してたのは自分だろ。

「お七に関する史料は、ほとんどありません。ほぼ〝放火の罪で火炙りの刑に処された〟ということぐらいです」

「だから、お七が日本のジャンヌ・ダルクなどということは証明のしようがない」

「逆に否定もできないんじゃないでしょうか」

「しかし根拠が」

「根拠なら村木先生が提示してくれましたよね？」

〝九町もの道を歩くのは容易じゃない〟という言葉から〝わざわざその寺に行ったのはそれなりの理由があったからじゃないか〟という推論を導きだした。村木老人じゃなくてミサキさんが導きだしたわけだが。

「同時にお七の時代には由井正雪の乱など倒幕を企てる輩がいたことも村木先生に教えていただきました」

「つまり下地は充分にあると」

「また年端もいかない少女が火炙りになった特異点」

「当時は放火をしたら十代でも火炙りになる事もあるでしょう」

「でも小火ですよ？」

小火で火炙り……。何度も言われているうちに重い刑罰のような気もしてきた。

「そのことから、お七の処刑には、もっと重要な理由、裏の理由があったのではないかということも推測されました」

推測したのは自分。

「その理由とは、お七が起こしたとされる小火の少し前に起きた天和の大火。その大火を引きおこしたのがお七だったのではないかというものです」

「ありえない」

喜多川先生が呟く。

「断言できますか？」

どうしてミサキさんは村木老人の味方をするのだろう？

「お七に関する記録は、ほとんど残っていないのですから〝そうでない〟と断言するデータもない事になります」

ミサキさんは何やら新しいカクテルを作っているようだ。

「そして自分の家が燃えたのに自分が捕まった不思議」

言われてみると、たしかに不思議だ。むりやり嵌《は》められたと考えても、おかしくはない。

「小火なのに十六歳の少女が火炙りの刑。これはむしろ天和の大火を引きおこした罪による見せしめの処刑と考える方がしっくりきます」

「だけど模倣犯が現れることを恐れて幕府は真実を隠したまま処刑した」

「はい」

どこにも矛盾はない。

「こう考えることに何か不都合はあるかしら？」

ミサキさんが独り言のように呟く。喜多川先生が小さく首を左右に振ったような気がした。

「お寺がその後、消滅したことが何よりの証拠です」

反論しようとしたとき「これ、召しあがってください。サービスです」と言いながらミサキさんは人数分のグラスを差しだした。

「何ですか？　これは」

「いま作ったオリジナルのカクテルなんですけど」

「オリジナル？」

「はい。焼酎3：野菜・果物ジュース7の割合です」

「名前は？」

「〈八百屋お七〉です」

「なかなかいいね」

さっそく飲んだ喜多川先生が感想を言う。

「ありがとうございます」

ミサキさんはホッとしたように笑みを漏らした。

「三種類の野菜と四種類のフルーツをミキサーにかけてジュースにしましたけど内訳は人によって自由でいいということにします。割合も」

健康にも良さそうだ。

「カクテルはおいしいが議論はまた別だ」

一気に〈八百屋お七〉を飲みほした喜多川先生が二杯目を注文する。

「仮に倒幕運動があったとして、その方法が放火とは……。幕末には西郷や勝海舟が考えたかもしれないが、お七の時代はそれより遥か前だ」

「村木先生。お七と近い時代に有名な火事はありますか？」

なぜいつも村木老人に訊く？

「さっきも話に出たでしょう。振袖火事が近いですね」

また村木老人も嬉々として答える。

「そうでした、そうでした」

ミサキさんが頓狂な声をあげる。

「この火事で江戸城の天守が焼けて、それ以降、再建されていません。火事の原因は、若くして亡くなった少女のために振袖を燃やして供養していたところ、その火のついた振袖が風で舞いあがったことだと言われているんです」

「村木先生。この火事は、お七の事件の二十年ほど前でしたね」

「はい。当時だったら、その振袖火事のことは江戸中の人が覚えていて話題にしていたでしょう。なにしろ日本史上最大の大火事ですから」

「だったらその事件にヒントを得たのかもしれませんね」

「え？」

「お七が起こした天和の大火です。お七、あるいはお七のグループは、若い女性が起こした振袖火事に、お七の姿を重ねていたのかもしれません」

そう言うとミサキさんは喜多川先生に二杯目の〈八百屋お七〉を差しだした。

マヤ……恐ろしい文明！

僕は喜多川先生に自説を披露していた。

日曜日。〈シベール〉に向かう道中である。

「絶対にあの二人、男女の仲ですよ」

「そんな事あるわけないだろう」

喜多川先生は一笑に付した。

「若い女性と、あんな年寄りが」

ミサキさんと村木老人のことだ。

〈シベール〉のバーテンダーは村木春造さんから〝ミサキさん〟と呼ばれていたけど、それが名字なのか下の名前なのかは未だに判らない。年齢は二十代半ばではないだろうか。

村木春造さんは七十代後半、下手をすると八十代に突入しているかもしれない。常識的に考えれば年齢的に釣りあわないから喜多川先生が一笑に付すのも判るのだけれど……。

僕は見てしまったのだ。初めて〈シベール〉を訪れたとき二人がキスしているところを。もっとも、それはドアを開けたときの、ほんの一瞬だったので見間違いという可能性もある。

だけど……。二人がカウンター越しにお互いに顔を近づけていたことは確かなのだ。

「証明してみせましょうか？」

〈シベール〉の看板が見えてきたところで僕は言った。

「どうやって？」

「素早くドアを開けるんです」

そう言うと僕は足音を忍ばせて店に近づきドアを力強く開けた。立って抱きあっていたミサキさんと村木老人がサッと軀を離した。ように見えた。

「中に入れてくれ」

喜多川先生に言われて初めてドアを塞ぐように立っていることに気づいて中に入った。

「ちょうどいいところに、いらっしゃいました」

ミサキさんがカウンターの中に戻りながら笑顔で言った。今まで村木老人と抱きあっていたことなど気にもせずに。そして、その光景を僕に見られたことも気にせずに。

（それとも、また見間違いだろうか？）

ミサキさんの、あまりにも堂々とした態度に逆に僕の目の方を疑いたくなってくる。

僕が見たのは〝抱きあっているところ〟じゃなくて〝サッと軀を離したところ〟だし。

それに今日は店内がいつもより暗い気がする。

（照明を落とし気味にしているのだろうか？）

ミサキさんがカウンター内に入った時には村木老人も何食わぬ顔をしてスツールに腰を下ろしていた。僕は呆然としたまま、そこから三つ離れた席に腰を下ろす。その右隣に喜多川先生が坐る。

「君の思い過ごしだろう」

喜多川先生が僕に小声で言う。先生には見えなかったのか。

「何の事ですか？」

ミサキさんが、おしぼりを出しながら笑顔で訊いてくる。いけ図々しい。おしぼりの出し方が堂に入っていることも今やイヤラシイ。前に一度、喜多川先生に連れていってもらったキャバレーのホステスさんも、こんなおしぼりの出し方をしていたような記憶がある。

「今日のお薦めカクテルはギムレットです」

いつの間に〝今日のお薦めカクテル〟などというシステムができたのだろう。

「まだ早いかしら？」

「いや、それを」

人のいい喜多川先生はシステムに乗った。恩師に乗らないわけにはいかず僕もギムレットを注文する。

「ありがとうございます」

ミサキさんはニコッと笑って頭を下げる。

「ギムレットはマティーニと並んでジンベースの代表的なカクテルです」

ギムレットを作りながらミサキさんが説明する。

「ドライジン3にコーディアルライム1の割合で混ぜてシェイクするだけなんです。もちろん、お店によって、いろんなバージョンがありますけど」

ミサキさんがシェイカーを振りながら言う。意外と様になっている。

「コーディアルライムというのは？」

「加糖されたライムジュースです。最近は健康志向のせいかコーディアルライムの代わりにフレッシュライムジュースを使うところが多いですけどね」

さすがバーテンダーだけあってカクテルのことだけはよく知っている。

「はい、どーぞ」

差しだされた白濁のギムレットを一口飲むと喜多川先生の口から「うまい」という言葉が漏れた。

「よかった」

ミサキさんがまたニコッと笑った。普段はクールな印象のミサキさんだけど、この笑顔だけは魅力的だと認めざるをえない。思わず、心を持っていかれそうになる。

「ギムレットという言葉は錐という意味だからキリッとした味でしょ」

なんと応えていいのか判らない。喜多川先生も黙っている。微妙にタメロなのもちょっと気になる。

「おつまみにはコーンバターをどうぞ」

客の注文も聞かずに勝手につまみを出してくるところが〈シベール〉の酷《ひど》いところだ。ただ、出てくるものがおいしいから僕も喜多川先生も文句を言わないが。現にこの香り……。食欲をそそる。

「醬油を隠し味的に使って焼きトウモロコシの感じを狙ってみました」

喜多川先生は、すでにおいしそうに口に運んでいる。

「それで、思い過ごしって何だったんですか？」

また、聞いてきた。やはり気になるのだろうか。村木老人とミサキさんが男女の仲かもしれないなんて絶対に知られたくない内容だ。

「馬鹿馬鹿しい話だよ」

箸を置いた喜多川先生が答えた。

「こちらの村木先生と」

うわあ。喜多川先生が話の内容を言いそうになってる。喜多川先生は村木老人に顔を向けた後、ミサキさんに視線を移した。

「君が男女の仲だと言うんだ。安田君がね」

言ってしまった……。しかも僕の発言だということが露見《バレ》てしまった。途端にミサキさんが笑顔を引っこめ真顔になった。気まずい……。

「お客さんのお名前、安田さんって言うんですね」

ミサキさんは再び笑みを浮かべてそう言った。そこを気にしてたのか？　僕が男女の仲を疑ったことは気にしてないのなら助かるのだけど……。

「安田くんはカノジョいないんですか？」

どうしてそっちに行く？　しかもくんづけ。いや、けっして厭な気持ちはしないけど……。

「いませんよ」

見栄を張って「いる」と嘘をついても、すぐに露見《バレ》ると思って僕は正直に答えた。意外と僕は臆病なのだ。

「あら、モテそうなのに」

ズキュン。何だ、今の僕の胸の音は。ミサキさんの見え見えのお世辞に図らずもトキめいてしまったのか？

「全然モテませんよ。世の中の女性の数が男性の数より圧倒的に多くならない限りモテないでしょうね」

「そんなご謙遜を」

半ば本気なのだが。

「世の中の夫婦がみんな男女産み分けをして女の子を産むようにでもしない限り、そんな状況は生まれないよ」

喜多川先生が言った。たぶんジョークだろう。

「あるいはアマゾネスの中にでも入れば」

一応、僕自身もジョークに紛らせ謙遜してみせる。

「アマゾネス？　アマゾンで働いている女性社員のことではありませんよね？」

ジョークのつもりだろうか？　自分でクスッと笑ったところを見ると、そうかもしれない。

「アマゾネスというのはギリシャ神話に出てくる女性だけの戦闘民族のことですよ」

「知ってます」

厭みな人だ。

「今ちょうどアマゾネスの話をしていたところなんです」

「え？」

思わず訊き返してしまった。

「アマゾネスの何を？」

珍しい話題に喜多川先生も興味を引かれた様子だ。にしてもミサキさんは〝村木老人と男女の仲〟という話題にはまったく触れず……すなわち否定もせずに強引に話題を変えた感がある。

（やっぱり図星を指されたので、ごまかしにかかったのだろうか？）

あの距離はやっぱり不自然だ。

「村木先生によるとアマゾネスは卑弥呼の末裔だそうです」

喜多川先生が思わずギムレットを噴きだした。

「あら、あたし何か変なことを言いました？」

そう言いながらミサキさんはこちらに回ってカウンターを布巾で拭いた。

「変に決まってるだろう」

「でも、言ったのはあたしじゃなくて村木先生です」

村木老人は噎せながらも頷いた。

「卑弥呼というのは邪馬台国の？」

「はい」

「歴史ジョーク、充分に楽しませていただきました」

そう言うと喜多川先生はカクテルグラスを村木老人に向かって掲げた。

「それがジョークじゃないそうなんです」

喜多川先生の右の耳がピクリと動いた。

「アマゾネスが卑弥呼の末裔とは私にはジョークとしか思えないが……。第一、アマゾネスはさっき安田君が言ったように古代ギリシャの神話です。史実じゃない」

議論終了。

「しかもアマゾネスが根城にしていたのは現在の小アジアである黒海付近です。日本とは、かけ離れている」

黒海は地中海と繋がる内海でヨーロッパとアジアの間に位置する。もともと〝アジア〟という言葉は東を意味するアスという言葉に由来すると喜多川先生に教えてもらったことがある。〝アジア〟は最初は黒海付近を指していたのだけど、やがてヨーロッパから見た東方全体をアジアと呼ぶようになって本来のアジアがアジア全体の一部にしか過ぎなくなり区別するために〝小アジア〟と称するようになった……。

「場所が離れているのは問題にならないでしょう。長い距離を移動したと考えれば済むことです」

今日の村木老人はどこか強気だ。過去二回の歴史談義を優位に進めたと思いこんで自信に繋げてしまったのだろうか。

「でも村木先生、アマゾネスは史実じゃないって喜多川先生が仰ってます」

「たしかにアマゾネスはギリシャ神話に出てきますが」

「ちなみにアマゾネスはアマゾンを元にした和製英語で意味は同じです。ヘラクレスもアマゾンの女王と戦っていますしホメロスの『イーリアス』にもアマゾン国がトロイア戦争に参加したことが記されています」

トロイア戦争は紀元前十三世紀ごろの出来事と考えられている。

「神話上ではアマゾンは軍神アレスを始祖とする部族で、黒海沿岸はギリシャ人にとって未開の地でした。黒海は、かつてアマゾン海と呼ばれていたこともあるんです。驚くべきことにそこに暮らしていたアマゾネスは基本的に女性のみで構成された狩猟部族です」

「女性だけだと子孫を残せないんじゃありませんか？」

「子を産むときは他部族の男のもとに行って交わったんです」

「あ、なるほど」

村木老人の説明にミサキさんは素直に納得する。

「男が生まれた場合は殺すか、父親の部族に帰したと言われています」

「いずれにしろ神話の話だ」

「でも喜多川先生」

またミサキさんが話をこじらせてしまうのではないか。

「シュリーマンの例もありますよ？」

シュリーマンはドイツの考古学者で、伝説と思われていたホメロスの物語を実際にあったものと信じて、ついにトロイ遺跡を発見した人物だ。

「たしかにアマゾン国は、実在した母系部族をギリシャ人が誇張した姿ではないかと考えられている」

「やっぱり」

「だが、あくまで〝誇張〟だ。実態ではない」

「でも、それに近い部族は実在したって考えられてるんですよね。それだけでも凄いことです」

ミサキさんのしつこさを思いだした。

「記録にも、ちゃんと残っていますしね」

「え、そうなんですか？　村木先生」

「はい。ディオドロスがアマゾネスについて記していますよ」

ディオドロスは紀元一世紀ごろのギリシャの歴史家だ。

「近年、この地域の女性の墓から剣や弓などの武具が多数、出土しています」

「だったら伝説は史実だった可能性が高いですね」

「そうなんです」

ミサキさんのアシスドに村木老人は嬉しそうに答える。

「いずれにしろ、時代がまるっきり逆でしょう」

「逆？」

ミサキさんが喜多川先生に訊き返す。

「そう。村木先生は〝アマゾネスは卑弥呼の末裔だ〟つまり〝卑弥呼がアマゾネスになった〟と仰ったがアマゾネスの方が卑弥呼より遥かに古い。根本的な問題だ」

村木説、いきなり崩壊。おかしさを通り越してこの老人が哀れになってきた。ミサキさんも目が覚めるだろう。

「卑弥呼って、いつぐらいの時代の人なんですか？」

日本の古代女王の時代を知らないなんて。

「卑弥呼は西暦二〇〇年ごろの人物です。亡くなったのが西暦二四七年ですから。二世紀から三世紀にかけての人物ですね」

村木老人は、そんなミサキさんにも親切丁寧に教えている。

「そうなんですか」

ミサキさんも悪びれずに素直に感心している。この二人の辞書には〝悪びれる〟という文字はないらしい。

「アマゾン国はギリシャ神話の世界の話。トロイア戦争に参加したアマゾン国は紀元前十三世紀だとさっき言ったでしょう。その時点で論が破綻している」

「ところが」

村木老人が嬉しそうな顔を喜多川先生に向ける。向けられた喜多川先生も迷惑だろう。

「マヤ文明を滅ぼしたスペインの入植者たちが、その後アマゾン川流域でアマゾネスに遭遇したという記録が残ってるんですよ」

「マヤ文明……」

「あ、知ってます。終末予言で有名な文明ですよね。『２０１２』っていう映画で観ました」

「アマゾネスは伝説だがマヤ文明は歴《れっき》とした史実だ。人類学博士の青山和夫先生はマヤ文明を世界六大文明の一つに数えているほどだ」

「世界六大文明？」

「旧大陸の四大文明にマヤ文明をはじめとするメソアメリカ文明と南米のアンデス文明を足して六大文明というわけだ」

メソアメリカというのはメキシコの大部分と中央アメリカ北部あたりの呼称だ。また旧大陸の四大文明とは、もちろんメソポタミア文明、エジプト文明、インダス文明、黄河文明を指す。

「青山氏の言う通り、その六つの文明は、もともと何もないところから独自に生まれた一次文明だから六大文明と規定するのが正しいのかもしれない」

「勉強になります」

素直が一番。

「そもそもマヤ文明って何なんですか？　教えてくれます？」

毎度のことだけどムッとした。喜多川先生は歴史学者だ。歴史の専門家だ。違う言葉で言えばプロだ。そのプロに金も払わずに何でもかんでも訊こうとするとは。まるで講義ではないか。バーで金も払わずにギムレットをくれと言っているに等しい。

「しょうがないな」

喜多川先生も人がいい。ひょっとして美人に甘いのか？

「基本的なことを言えば中米のユカタン半島を中心に紀元前一八〇〇年ごろから紀元一六〇〇年ごろまでの長きに亘って栄えた文明、ということになる」

十六～十七世紀にスペインの侵略を受けて滅んだ。

「だが、あまり詳しいことは判っていない」

「あら、記録は残されていないんですか？」

「マヤにも文字はあったがスペインによって貴重な文書は、ほとんど燃やされてしまった」

「遺跡は？」

「密林に阻《はば》まれて思うように発掘調査も進んでいない」

「だから謎の文明なんですね」

「そういう事だ」

「実は六世紀の古代インドに先立って人類史上でゼロの概念を最初に発明したのはマヤ文明なんですよ」

村木老人が口を挟む。

「それは凄いですね」

「〝マヤ〟は同系の言語を話す王国の集団で、一人の王がマヤ圏全体を統治していたわけではない」

「違うんですか？」

「違う。アステカやインカは近隣の小国を征服して作られた帝国だから一人の皇帝が全領土を統制していたがね」

「インカ帝国って聞いたことがあります。それがマヤ文明の担い手ですか？」

「あのねえ」

素人丸出しの質問を喜多川先生に答えさせるのは失礼だから僕が引きとって答える。

「マヤ文明とインカ帝国とは別物だよ。インカ帝国はマヤ文明じゃなくてアンデス文明だから」

「そうなんですか。でも、そのあたり、似てますよね」

　僕は大きな溜息をついた。

「南北で言ったらマヤ文明は北アメリカ、アンデス文明は南アメリカだよ。ぜんぜん違う」

「いろいろ勉強になります」

〝素直〟と〝悪びれない〟は同義なのだろうか。

「より正確に言うとマヤ文明は中米かな。アステカ文明はマヤのすぐ西だったけど、アンデス文明は南米だからね。ぜんぜん遠いよ。アンデス文明は現代で言えばペルーを中心に栄えた文明」

「でもペルーだったら南アメリカの中でも北ですから中米のマヤ文明とは近いと言えば近いと言えますすね」

　なんとか自分の勘違いを正当化しようとしている。

「位置関係は、こんな感じですか？」

　ミサキさんはメモ用紙のようなものを取りだしてフリーハンドで南北アメリカの地図を書いて三つの文明が栄えた場所を示した。

「そうですね」

　それを見て村木老人が肯《うべな》う。

「三つの文明は、どのような順番で栄えたんですか？」

「いちばん古いのがアンデス文明で紀元前二〇〇〇年ごろから栄えたんです。次がマヤ文明で先ほども言ったとおり紀元前一八〇〇年ごろに発祥。アステカ文明はグッと新しくて紀元一三〇〇年ごろ」

「ありがとうございます」

ミサキさんが村木老人に頭を下げる。

「あと、テオティワカンってありませんでしたっけ？」

言葉だけは知ってるけど内容を知らないパターンか。

「テオティワカンもメソアメリカに栄えた文明だ。メキシコシティの北東約五十キロあたり。紀元前二世紀から紀元六世紀まで繁栄した」

「さすが喜多川先生は物知りですね」

高名な学者である喜多川先生を単なるクイズ王みたいに言わないでもらいたい。

「マヤ文明の説明が一通り終わったところで改めてお尋ねしますが」

きたぞ。喜多川先生が牙を剥く……。

「何か根拠はあるんですかな？　マヤ文明を滅ぼしたスペインの入植者たちがアマゾン川で遭遇したというアマゾネス集団が、卑弥呼の子孫だということに」

喜多川先生は慎重な様子で尋ねる。おそらくまだジョークだと疑っているのだろう。それで担がれないように慎重になっているのではないか。僕だって本気かジョークか判断がつかない。いや、この老人のことだから、やっぱり本気なのだろうけど。

「どちらもモンゴロイドですからね」

村木老人も悪びれた様子も見せずにニコニコとした顔で答える。村木老人とミサキさんは悪びれないという共通点があるから気が合うのだろうか。もっとも自説を信じているのなら悪びれる必要もないのだけれど。

「それだけ?」

喜多川先生がキョトンとした顔で訊いた。

「それだけです」

村木老人はやっぱり悪びれない様子で答える。

「話にならない」

喜多川先生は村木説を一言で斬って捨てた。

「モンゴロイドって何でしたっけ?」

ミサキさんが話に割りこむ。〝話にならない〟が加速する。

「簡単にいえば黄色人種です」

「そうでした。じゃあ日本人。あるいはアジア人ってことですね?」

「そんなところですね」

「へえ。不思議ですね。スペイン人がアマゾネスに出会ったのって南米ですよね? それが日本人と同じモンゴロイドなんですか？」

「アマゾネスが本当にいたかどうかは判らないので答えようがないな」

「アマゾネスがいたかどうかは判らなくても中米から南米辺りに住んでいた人は誰かいたでしょう」

「中米にはマヤ人が住んでいましたが……」

村木老人が言った。たしかにマヤ人たちが長きに亘って中米で文明を築き最後にスペイン人に滅ぼされたのは事実だ。そしてそのときにスペイン人たちがアマゾネスに遭遇した……。

「マヤ人などいない」

喜多川先生が老アマチュア歴史家の言を一蹴する。

「同系の言葉を話す複数の民族を総称してマヤ人と呼んでいるだけだ」

「あ、やっぱり〝マヤ人〟って呼んでるんだ」

相変わらず厭みな女……。

「だいたい〝マヤ〟という言葉もスペイン人が勝手に呼んだだけだ。マヤ人自身はそれぞれの部族名で呼んでいるだけなんだよ」

「どうしてスペイン人たちは〝マヤ〟って呼んだんですか？」

「諸説あるがマヤ文明最後の大規模な都市国家〝マヤパン〟から〝マヤ〟の音が残った

という説が一般的だ」

「アヤパンみたい」

何だ？　アヤパンって。

「スペインの入植者たちがアマゾネスに遭遇というのは？」

僕の疑問を村木老人にぶつけた。

「インカ帝国を征服したフランシスコ・ピサロは一五四一年にも南米遠征を敢行しているんですが、そのときに随行していたフランシスコ・デ・オレリャーナが大きな川沿いで女性だけの戦闘集団に遭遇したんですよ」

「それがアマゾネス？」

「そうです」

村木老人の話を聞いたミサヤさんが拍手をした。喜多川先生は溜息を漏らしている。

「順番は合ってますね。逆じゃありませんよ。卑弥呼が生きていたのは西暦二〇〇年代なんですからスペインの入植者たちが遭遇したというアマゾネスが卑弥呼の末裔でもおかしくはないですよね？」

「そうですね。因みに南米の女性集団も女性だけの戦闘集団だから古代ギリシャの神話に準《なぞら》えてアマゾネスと命名されたんです」

「すごい話ですよね。もしかしたらアマゾン川はアマゾネスに遭遇した場所だからアマゾン川と呼ばれるようになったんですか？」

「よく判りましたね。諸説ありますが、その説が有力です」

さっきからもしかしてと思っていたけど、やっぱりそうなのか。

「スペインの入植者たちがアマゾネスに遭遇した話は公式な記録には載っていないはずですが？」

喜多川先生が言うと村木老人は口をモゴモゴするだけで一言も反論できない。

「でもアマゾン川の名前が残っているんですよね」

代わりにミサキさんが空しい抵抗を試みる。

「それがスペインの入植者たちがアマゾネスに遭遇した何よりの証拠ではないですか？」

僕は咄嗟に反論を思いつかなかった。なんだか腹が立って腹が空いてきた。

「一口ステーキを召しあがれ」

絶妙のタイミングでミサキさんが料理を出してくる。いつの間に作ったのだろう。

「焼いて、うっすらと醤油をかけただけですけど素材がいいから食べてみてください」

「うまい」

さっそく喜多川先生が口に運んでいる。

「体力がつきそうだ」

「ありがとうございます」

たしかにうまい。

「ところで」

一口ステーキの旨味を堪能しているときにミサキさんが口を開く。

「さきほど〝マヤ文明を滅ぼしたスペインの入植者たちがアマゾネスに遭遇した〟って仰いましたけど、ということはマヤ文明って滅んだんですよね？」

ときどきミサキさんのことが根本から判らなくなる。鋭い指摘をしたかと思うと基本的なことが全く判っていない。

「もちろんだ。その前提で話を進めていたはずだが？」

「どうして滅んだんですか？」

「その質問が今、必要なの？」

僕はミサキさんの頓珍漢ぶりを精一杯、やんわりとした表現で注意する。

「すみません。単なる好奇心です。先ほどのお話ですとマヤ文明ってずいぶん長い間、栄えていたんですよね」

「約三三〇〇年も続いたが、あまりに長いので期間を先古典期、古典期、後古典期の三つに分けるのが普通だ」

先古典期は紀元前一八〇〇年から紀元二五〇年あたりまで。

古典期は九〇〇年あたりまで。

後古典期は一五〇〇年あたりまでとなる。

「このうち、マヤ低地南部に発展した文明は、十世紀に滅亡する」

「あら、マヤ文明もすべてが一遍に滅んだわけじゃないんですね」

「マヤ文明といっても広い地域で発達したからね。完全にマヤ文明が滅ぶのはスペインに侵略された一六九七年と考えていいだろうね」

「そうですか。でも一六九七年までマヤ文明が発達し続けたら、さすがにスペインの侵略者たちだけで滅ぼすことなんてできないですよね。低地南部のマヤ文明が滅んだように、スペインに侵略される以前にマヤ文明の大きな部分は自ら滅んでしまったんじゃないですか？」

「ご明察」

「やっぱり」

ミサキさんは大いに納得した。

「滅んだ理由は判ってるんですか？」

「それが判っていれば苦労はない」

「ですよね」

ミサキさんはクスッと笑った。その笑顔に、癒されたりはしないぞ。

「じゃあ、とりあえず、それを解き明かしてみましょうか」

「はあ？」

僕は思わず大きな声をあげた。

「解き明かすって、何を？」

「だから、マヤ文明が滅んだ理由ですよ。それを解き明かせば村木先生の〝卑弥呼＝アマゾネス説〟も導きやすくなると思うんです」

何で？　それに……。

「そんな簡単に解き明かせるわけないでしょう」

「大丈夫ですよ。高名な歴史学者が二人もいるんですから」

楽観的にも程がある。それに〝高名な歴史学者〟は一人だけだ。

「その時代区分から推し量るとマヤ文明の基盤ができあがったのは先古典期なんでしょうね」

「当然だ。いちばん古いんだから。マヤ文明は先古典期の紀元前一〇〇〇年から紀元前四〇〇年の間ぐらいの時期に基盤はできあがったと見るべきだろう」

「日本で卑弥呼が誕生したのはその後ですね」

西暦二〇〇年代。

「それだけでも卑弥呼→アマゾネスという時間軸は成りたたない」

「それは象徴です」

ニコッとした顔で言うものだから逆ギレしたようには聞こえないところがせめてもの救いか。

「村木先生は何も卑弥呼個人がアマゾネスになったと仰ってるんじゃないと思うんです。〝卑弥呼〟は日本人女性、ひいてはアジア人女性の象徴として使った言葉だと思うんです。ですよね？」

村木老人は頷く。

「卑弥呼はアジアのモンゴロイド女性の象徴なんです。卑弥呼個人の事じゃなくて、アジアのモンゴロイドが南米まで移動してマヤ人となった。そしてマヤ人の一部がアマゾネスとなった。そういう事ですよね？」

村木老人が頷く。だったら最初からそう言えばいいのに。

「だからマヤ人＝アマゾネスを証明すればいいんです。順序立てて慎重に検討してゆきましょう」

この店では普通にお酒を飲めないのだろうか？

「アマゾネスがマヤ人であるなど荒唐無稽もいいところだ」

「どうしてですか？」

ミサキさんがキョトンとした顔で訊く。こっちがキョトンだ。

「そんな説、聞いたことがないし」

　こんな自明のことを喜多川先生に説明させるのも忍びないので僕が説明役を買って出る。

「アマゾネスは元はマヤ人だったって説は今まで誰も唱えたことがないんですか？」

「ないね」

　今度は喜多川先生が答えた。

「村木先生、やりましたね。新説認定です」

「真実じゃないから唱えた人がいないだけですよ」

「発掘された人骨などから南北アメリカのネイティブはモンゴロイドで問題ないでしょう。すなわちマヤ人もモンゴロイドです」

　それはいいとしよう。

「基本的事実を確認するためにマヤの歴史に戻るが紀元九世紀ごろにマヤの低地南部の文明は滅亡する」

「アステカ文明やインカ文明が栄えたのはマヤ低地南部文明が滅んだ後なんですね。定説はないんですか？　マヤ文明が滅んだ理由の」

「それがあればマヤ文明の謎なんて言われていないだろうね」

「あ、なるほど」

「マヤ文明が滅んだ理由は解明されていない。だが定説とまではいかなくても、いくつかの説は過去の学者たちによって唱えられている」

「それを聞きたかったんですよ」

なんとなく棘《とげ》のある言い方に聞こえるのは気のせいだろうか？

「どうして、あんなに栄えたマヤ文明は突然、世界の歴史から忽然と姿を消したのかしら？」

僕はまた溜息をつかなくてはいけなくなった。

「あのねえ。マヤ文明は忽然と消えたわけではないの」

「え？」

「マヤ低地南部の古典期マヤ文明は八世紀から十世紀に亘って徐々に消えていったんですよ」

「そうだったんですか」

「それまで行われていた石像記念碑と大建造物の建立が途絶えて多くの都市が放棄されたんだ」

「不思議ですよね」

「諸都市の人口も激減している」

「いったい何があったんでしょう？」

「それを解明しようって話だろ」

「そうでした」

〝アマゾネスは元はマヤ人だった〟説の前に〝マヤ文明はなぜ滅んだか〟という謎も立ちはだかる。

「動物が火事の前に逃げだすって話を聞いたことがありますけどマヤ人たちも何か危険を察知して逃げだしたとか」

「迷信だ。火事を予知する動物などいないよ」

「あたしもそう思います」

「仮説としては」

喜多川先生が解説に入る。

「第一に人口過剰が挙げられる。次に環境の破壊。さらに戦争」

「因みにマヤでは金星が宵の明星として昇るたび、その最初の日を戦争を仕掛けるのに適した日と考えていました」

村木老人が余計な蘊蓄《うんちく》を披露する。

「ほかには旱魃《かんばつ》、外敵の侵入、農民の反乱、自然災害などが挙げられている」

「でも」

ミサキさんはグラスを布で拭きながら口を挟んだ。

「人口過剰って言いますけど人口が激減したから滅亡したんですよね」

「その前段階として人口過剰があったということだ」

「人口が増えれば発展するんじゃないかしら」

「食料の確保が難しくなるだろう」

「だったら元の人口に戻るだけですよね。滅亡することはないと思うんです」

口の減らない人だ。

「それに環境の破壊や旱魃、自然災害だったら、その痕跡が残っていると思うんです。建物などに」

僕は喜多川先生を見た。

「環境破壊や旱魃、自然災害の痕跡は確認されていない」

「やっぱり」

何が〝やっぱり〟だ。

「外敵の侵入、戦争、農民の反乱でもないと思うんです」

「なんでだよ」

僕は思わずタメロで訊いてしまった。

「だって、それらの戦いだったら必ず勝者がいますよね」

勝者……。

「実際にマヤ文明がスペインの入植者たちに滅ぼされたときだってスペイン人という勝者が残りましたよね。でも九世紀の低地南部のマヤ文明消滅時には、勝者は残っていません。マヤ文明だけが消滅してしまったんです」

喜多川先生は何も言わずにグラスを見つめている。

「それは……」

喜多川先生の代わりに僕が反論しようとしたけれど、うまく言葉が出てこない。

「いずれにしろ時間とジャングルに阻まれて物的証拠が何も見つからない状態だ。すべては推測するしかないんだ」

苦し紛れの言い訳のように聞こえたとしたら心外だ。これが真実なのだから。

「じゃあ、もうこれ以上は推測の余地はないんですか？」

「ないね」

僕はミサキさんに痛快な一言を浴びせかける。

「喜多川先生はどう考えているのかしら？」

どこか上から目線にも感じられる訊き方だ。

「多くの要因が重なって、その結果、マヤ文明が衰退した。現実的にはそんなところだろう」

「多くの要因が重なっていることは確かだと思うんです。でも、その中でも〝これがメインだ〟と思える、中心になる要因があるんじゃないかしら」

「だが今となっては手掛かりがない。そもそも」

喜多川先生は空になったグラスを掲げて振ってみせる。ミサキさんはすぐさまお代わりを提供する。

「君はさっきからアマゾネスが実在するという前提で話をしているが」

グラスを受けとる。

「現実的に女性だけの集団など、できあがるものだろうか？」

根本的な問題。

「そうですねえ」

ミサキさんが右手の人差し指を立てて頬に当てる。

「スペイン人たちがアマゾネスに出会ったと言っているのはアマゾン川の畔《ほとり》ですよね」

「そうだ」

「マヤ文明が栄えた場所とアマゾン川はどれくらいの距離なんですか？」

「マヤ文明が栄えたユカタン半島とアマゾン川は直線距離にして三千キロほど離れている」

「近いですよね。中米と、南米の北だし」

「〝近い〟の定義にもよるが人類がアフリカから世界中に移動したことに比べたら極め

て近いと言えるだろう」

「だったらマヤ人の女性がアマゾン川流域に移動してアマゾネスになったという説も成りたたないわけじゃありませんね」

「距離的にはね」

あくまで〝距離的〟にはだ。

「だがどうしてマヤ人の女性がわざわざアマゾンに移動しなければならないんだ？」

そーだそーだ。

「食料がなくなったとか」

「それなら女性だけでなく男性も一緒に移動するだろう」

ミサキさんの突拍子もない説を喜多川先生が次々と論破してゆく。痛快だ。

「ですよねえ」

自分が論破されたくせに人ごとのように。

「何か女性だけが移動しなければならない理由があったとか」

「そんなことは考えられないだろう」

「どうですか？　村木先生」

どうして喜多川先生の意見を村木老人に確認するんだろう？

「考えにくいことは確かですね」

当たり前だ。ミサキさんはガッカリした様子を見せる。

「しょせんアマゾネスなんて伝説に過ぎないんですよ」

「男性の数が減っていったということは考えられないですか？」

「は？」

またミサキさんが妙なことを言いだした。

「男性の数が減っていたのだったらマヤ人の末裔がやがてアマゾネスになった説明がつくと思うんです」

「どういう事だ？」

「男性の数が減ったから残された女性は女性だけの集団、アマゾネスになった。男性がいないから自ずと自分たちで狩りもしなければならない。だからアマゾネスは戦闘集団なんですよ」

「なるほど」

〝なるほど〟って……。村木老人は自分が唱えた説だということを忘れてしまったのだろうか。

「たしかに男性の数が減れば残された女性は戦闘集団と化すかもしれない」

「ですよね」

「だが男女の集団から男性だけが減ることなんてあるのかね？」

「戦争でやられたとか」

「だったら勝者がいるはずだ。だがそんな記録はない。それはさっき君自身が指摘したことではないか」

「そうでした」

ミサキさんはペロッと舌を出した。舌のピンク色が艶めかしい。一瞬、ドキッとした。

「研究によれば、むしろマヤの男性は少年の頃から親元を離れて集団で暮らしていたんだよ。武術などを教えられてね」

まったく逆じゃないか。

「あ、でも、そうだとしたら残された集団は女性だけになりますよね」

あ。

「そういう風潮に慣れていたのかも」

「マヤの女性は厳しく躾けられましてね」

村木老人が口を挟む。

「男性を見つめたり笑いかけることも許されなかったんです。もちろん結婚までは純潔を守りました」

だから女性だけの集団を作ることにもさほどの抵抗はなかった……。

「あるいは男女産み分けで女性だけが生まれたとか」

そう言いながらミサキさんはギムレットのお代わりを出した。なんとなく喉が渇いていた僕はすぐに口に含んだ。

「おいしい」

「よかった」

ミサキさんはニコッと笑う。

「男女産み分け？」

喜多川先生がミサキさんの与太話を蒸し返そうとする。

「バーテンダーさん」

僕は喜多川先生を与太話から救おうと割って入る。〝ミサキさん〟と呼びかけようかと思ったけど、そこまでは親しくないと思って留まった。

「男女の産み分けなんて、そんな確実性のない方法を根拠にされても意味がないよ」

「たしかに、そうですね。だから、あくまで一つの仮説としての話なんですけど、男性がアルカリ性の食品を多く食べて女性が酸性の食品を多く摂るようにすれば女性が生まれる率が高くなるって聞いたことがあるんです」

アルカリ性食品は野菜、酸性食品は肉というイメージがあるが……。

「科学的に証明された話でもないだろう」

喜多川先生が釘を刺す。

「理屈としては、精子にはX染色体を持つ精子とY染色体を持つ精子があって女の子を産むためには卵子とX精子が結びつく必要があるんですけど、このX精子が酸性に強いんです。逆にY精子は酸性に弱い。そして女性の膣内は酸性に傾いているんです」

「つまり？」

「女の子を産むためにはX精子が必要だから女性の膣内を酸性に保って男の子を生むY精子を滅する必要があるって事じゃないかしら」

「それで女性は酸性、男性はアルカリ性食品を摂るべきだと？」

「そうなんです」

筋は通る。食べ物でそこまで軀が変わるのが本当ならば。にしても……。どうしてミサキさんは、こんな際どい会話を続けているんだろうか？

(ドギマギさせて、こっちの攻撃力を弱める作戦か？)

店内も暗いし。喜多川先生はぜんぜんドギマギする様子も見せずに平静に会話を続けているけど。

(年の功か)

にしても……。

(どうしてミサキさんは男女産み分けのことに、そんなに詳しいんだ？)

試したことがあるとか？

（いやいや、それはない）

根拠はないけど断言できる。断言したい。

「仮定の話につきあうのも、どうかと思うが」

つきあう必要はない。のにつきあうのは喜多川先生の酔狂か。仮定の話とはいえ、とりあえず進めてみようというのがおそらく喜多川先生の学問の姿勢なのだ。どんなに荒唐無稽な説でも頭ごなしに否定するのはよくない。進めてみて間違いだと判れば、その時点で検証し直せばいい。百歩譲っての精神だ。もともと研究とは、まず仮説を立てて、それを検証することなのだ。

「仮にその男女産み分け法になんらかの有効性が認められたとして」

百歩譲っての精神。

「マヤ文明の時代に男女産み分けの知識など、ないだろう」

「ですよね～」

能天気なのか、馬鹿なのか。おそらく両方だろう。

「あるいは偶然、産み分けをやっていたとか」

「偶然？」

「ええ。マヤ人の主食って何ですか？」

「トウモロコシだ」

喜多川先生は即答した。

「アルカリ性食品ですね」

そうなのか？　さすがに食物については強い。

「ただ、トウモロコシにはアルカリ性成分も酸性成分も含まれてますから検査した機関によってアルカリ性食品になったり酸性食品になったりしてるみたいです」

どっちにしろ、男も女も食べていたのなら意味がない。

「喜多川先生は、マヤ文明が衰退した理由は、いくつかの要因が重なったからだと仰いました。たしかに、いろいろな要因が重なって、だんだん人口が減っていったとは思うんです」

だからこそマヤ文明は滅んだ。

「でもその段階で、マヤ人たちも必死に人口減少の対策を取ろうとしたと思うんです」

「たとえば？」

「赤ちゃんを、たくさん産むようにするとか」

人口減少を止めようと思ったら子供をたくさん作ればいい。でも……。

「それが簡単にできたら苦労はないよ」

「ですよね。結果的には、その試みは成功しなかったわけだし」

「男性が精力のつくものを多く食べるようにする事ぐらいは、したかもしれないがね」

喜多川先生が敵に塩を送るような発言をする。自分の勝利を確信しての余裕だろう。

「精力がつくものってタロイモとか？」

「知らないけど」

「女性は逆に肉を摂るようにしたりして」

「え？」

「考えられると思うんです。赤ちゃんを産むのは女性ですよね。だから女性の軀に肉をつけるために肉を食べる」

たしかに軀に肉をつけようと思えば肉を食べるのが自然な発想かもしれない。肉はタンパク質だから筋肉がつきやすいのも事実だろう。しかし、だからといって……。

「当時のマヤで肉食なんて行われていたのかな」

「家畜として七面鳥と犬を飼っていたから、その肉を食べた可能性はあるでしょうね」

僕の疑問に村木老人があっさりと答えを出してしまった。

「衰退する前のマヤでは女性が酸性食品を多く食べていた可能性はありますね。すると女性の体内が酸性になる。すなわち女の子が生まれやすくなる。そうなると、その集団は必然的に男性不足になるから男性を求めて移動を始める……。あくまで可能性の一つですけど」

「移動……」

「アマゾン流域には食料も豊富でしょうし、その噂を聞いて移動することもあったと思うんです」

店内に沈黙が生まれた。

「つまりその集団が、アマゾネスになったんですよ」

ミサキさん自ら沈黙を破った。

「村木先生の仰りたかったのは、そういう事だったんじゃないかしら。ね、村木先生？」

村木老人は頷く。

「肉をたくさん食べる人って草食系よりは肉食系、つまり戦闘的なイメージもありますし」

肉食系、草食系という言葉があるぐらいだから、それは多くの人の共通認識なのだろう。

「女性の方が多い地域は現代でも実際に存在する」

「やっぱり！」

ミサキさんが勢いづいた。

「なぜ、そうなったのか理由は判っていない。男女産み分けが原因とは限らないし、むしろ違う可能性の方が高いだろう」

「理由なんてどうだっていいんです」

　喜多川先生に、よくそういう態度が取れるものだ。

「なんらかの理由で実際に女性の方が多い地域ができてしまうことが重要なんです。アマゾネスが実際にいた可能性が出てきますから。喜多川先生、女性の方が多い地域って、具体的にはどこなんですか？」

　ミサキさんが勢いこんで訊いた。

「ノイヴァ・ド・コルディロですな」

　村木老人が口を挟む。

「ブラジル南部の小さな村ですが住民のほとんどが二十歳から三十五歳までの女性なんです」

「どうしてそうなったんですか？」

「私も詳しくは知りません。一八九〇年代に強制的な結婚から逃亡して恋人と一緒に暮らし始めた女性が中心となって始まったらしいんですが」

　村木老人はギムレットで喉を湿らす。

「その後は、どういうわけか男性が生まれたら村を出るなどの掟ができて女性だけの集団になっていったようです」

「まあ！　同じ事がマヤの一部に起きた可能性はありますね」

可能性だけを言えば、あるとしか言えない。

「マヤでは食べ物によるものだったのかもしれないし、あるいは何か別の理由があったのかもしれない。それは判らないが仮に男性の数が減ったことが事実だったとして、問題はその先だ」

喜多川先生はギムレットで舌を湿らす。

「アマゾネスがマヤ人だった可能性は地理的に考えれば理解できる。だが、そうなると」

喜多川先生は村木老人ではなくミサキさんに目を遣る。

「日本人がアマゾネスになったという説が成りたつためには、その前に日本人がマヤ人になったことを証明しなければならない」

「ですよね」

理屈は判っているのだ、ミサキさんは。日本人↓マヤ人↓アマゾネスという理屈は。

「日本人もマヤ人も同じモンゴロイド……でも日本と南米……。どうしてそんな離れた場所に同じ人種が？」

「移動したんだよ」

喜多川先生は面倒くさそうに答えた。

「そんなに長い距離を？」

ミサキさんは素で驚いている。

「別に驚くには当たらない。人類の発祥の地はアフリカだって以前、話しただろう。忘れたのか？」

「つまり人類はアフリカからあらゆる場所に移動したんですよ。ヨーロッパにもアジアにも。もちろん南米にもね」

僕は喜多川先生の説明を補強する。

「やっぱりモンゴロイドが南米に渡ってアマゾネスになったとしても驚くには当たらないんですね」

ムッとした。

「時系列的にも矛盾ありませんよね？」

喜多川先生が頷く。

五万年前にアジアにモンゴロイドが誕生した。のちに日本人になる集団が枝分かれしたのが三万八千年前。モンゴロイドの一派はその後、一万四千年前辺りには当時凍っていたベーリング海峡を渡ってアメリカ大陸へ進出した。その一部がマヤ人になったのだろう。たしかに時系列的には矛盾はない。アジアのモンゴロイドが日本を通らないで北米、南米に渡ったのか、それとも日本を通過して渡ったのかは判らないけど。

「モンゴロイドの一部が日本にやってきて、違う一部が南米に渡ったとしても、両者には共通項が色濃く残っているはずだ。近い先祖から分かれているのだからね」

「そうなりますね」

喜多川先生もミサキさんも同じ〝原日本人とも言える一派がアジアで枝分かれして一部は日本人になり一部はアメリカに渡った〟説なのか。

「だけど村木さんは日本とマヤ近辺の間に、もっと注目すべき共通点を見いだしているに違いない。だからこそ卑弥呼がアマゾネスになったという言葉が出た。違いますか？」

「違いません」

村木老人が喜多川先生の言葉を認めた。

「ならば……日本人とマヤ人が枝分かれでなく同じ流れ、同じ一派であることが証明されなければ……少なくとも否定できないだけの証拠を挙げられなければ、あなたの〝日本人がマヤ人になった〟＝〝日本人がアマゾネスになった〟説は成立しませんよ」

「日本人がマヤ人になった可能性を否定することは誰にもできません」

「もしそれが事実であるならね」

喜多川先生と村木老人の間に火花が散った。ような気がした。

「喜多川先生の仰った通り、私は卑弥呼＝アマゾネス……その前段階として卑弥呼＝マヤ人、すなわち日本人とマヤ人は似ていることに気がつきました」

村木老人が調子に乗って話しだす。墓穴を掘っているとも知らずに。

「どういう点が？」

答えられるわけがない。モンゴロイドという点では同系でも、その他に特に日本との共通点などあるわけないのだから。

「マヤも日本も、太陽を司る者が統治者となっています」

「え、そうなんですか？」

「はい。マヤの指導者は太陽の運行を司る者でした。古代の日本でも指導者は聖《ひじり》と言います」

「ヒジリ……。もしかして日を知る者ですか？」

「その通りです。聖を継ぐ者、すなわち皇太子のことは日を継ぐのでヒツギ（日嗣ぎ）と呼ばれました」

「日本もマヤも太陽を司る者が統治する……大きな共通点ですね」

二人だけで話を進めないでもらいたい。

「太陽崇拝は何も日本とマヤだけではない」

喜多川先生が諌める。

「もちろん共通点は太陽崇拝だけじゃないですよ」

今夜の村木老人は怯まない。

「マヤでは太陽の神殿の碑銘にあるように鏡が王位継承の象徴となっているんです」

「鏡？」

ミサキさんが反応した。

「はい。卑弥呼の銅鏡を思いおこさせませんか？」

思わず頷きそうになって踏みとどまった。

「マヤ文明の少し南のエクアドルの土器と日本の縄文土器が酷似しているという研究発表もあるんですよ」

「そうなんですか？」

ミサキさんが目を輝かせる。その輝きを僕に対しても見せてくれないものだろうか？

（しまった。また余計なことを考えてしまった）

今日の僕はどうかしている。

「マヤ文明近くの土器と日本の縄文土器が似ているなんて、やっぱり繋がりがありそうですね」

「大まかで抽象的な共通点ばかりだな」

喜多川先生がボソッと呟く。

「え？」

いつも冷静なミサキさんが若干、慌てたように感じられた。さすが喜多川先生だ。

「銅鏡を思いおこさせるとか、縄文土器に似ているとか、いずれも見方次第でどうとでも捉えられる。もっと具体的な共通点がなければ納得できない」

「具体的な共通点……」

ミサキさんが不安げな顔を村木老人に向ける。

「ウサギが具体的ですね」

「ウサギ？」

村木老人の意外な言葉に喜多川先生が思わず訊き返した。

「はい。ウサギです」

「村木先生、どういう事ですか？」

「月のウサギですよ。お月様の模様……黒い部分は何に見えますか？」

「ウサギが餅をついているところでしょう」

僕は素直に答えた。

「はい。ところが、これは世界中で、まったく違った見方をしているんです」

「え？」

「南ヨーロッパではカニに見立てていますし北ヨーロッパでは本を読む老婆です」

知らなかった……。

「アラビアではライオンですし北米ではバケツを運ぶ少女という具合です」

「マヤでは？」

喜多川先生が訊いた。

「ウサギを抱いた月の女神です」

「ええ？　マヤ人も月にウサギがいるって思ってたんですか？」

「はい」

「時と場所を隔てた日本とマヤは月のウサギによって繋がっていたんですね」

ミサキさんがしみじみとした口調で言う。

「さらに決定的なのは文字です」

「文字？」

「ええ。マヤの文字は母音と子音を一文字で表す表音文字と意味を示す表意文字が交ざって使われているんです」

「それって日本とまったく同じですよね？」

「そうなんです」

「当然、漢字は輸入品であることは判っています。ただ二つを交ぜて使用するところに、非常に近い感性を見ます。でも……」

ミサキさんは右手の人差し指を立てて頰に当てた。く……このポーズには弱い。

「宗教はどうかしら？」

「宗教？」

「はい。そこが違っていたら、やっぱり日本人＝マヤ人説は成りたたないと思うんです」

「マヤは多神教です。いろいろな物に神が宿っていると考えてたんです」

「日本と同じですね」

アニミズムの世界……。一神教とは異なる。

「アマゾネスがいたことはスペイン人のフランシスコ・デ・オレリャーナが証言しています。そしてアマゾネスは地理的にマヤ人の可能性がある。そしてマヤ人と日本人には抜き差しならない共通点がありました。時系列で辿れば日本人↓マヤ人↓アマゾネス。つまり」

ミサキさんはニコッと笑った。

「日本人がアマゾネスになった可能性がここに指摘されたんです」

僕も喜多川先生も反論できない。それはミサキさんが発した笑みの魔力のせいなのだろうか？

「少なくとも日本人とマヤ人は共通の記憶を有した種族だとは言えそうです」

歴史学者を差し置いてミサキさんが主導権を握っている。

「もしかしたらマヤ文明が滅んだ本当の理由はアマゾネスかもしれませんね」

「ん？　何の話だ？」

「男性の数が少なくなった事です」

「あ」

僕は思わず声をあげてしまった。

「それがマヤ文明が滅んだ本当の理由なんですよ。原因は判りませんけどマヤでは男女比が崩れた。その象徴的な事象がアマゾネスの出現です。そして男女比のバランスが崩れたマヤ人たちは、もはや文明を維持する力がなくなって滅んだ」

店内に静寂が訪れた。

「〈マヤ〉です」

「え？」

ミサキさんはゴブレットに注がれたカクテルを差しだしている。

「簡単に言えばラムとパイナップルジュースを混ぜたトロピカルカクテルです。おいしいですよ」

喜多川先生は無言でマヤを口に運んだ。

誰がために銅鐸は鳴る

開店早々に喜多川先生と店に入ると、すでに鍋が沸騰していてミサキさんが慌てた様子で鍋の蓋を押さえていた。今日は村木老人は来ていないようだ。

「何を作ってるんです？」

僕は反射的に訊いた。

「ボルシチです」

とたんに僕のお腹がグゥと鳴った。たぶん誰にも聞こえてはいないと思う。ボルシチという言葉と鍋から漂ってくる匂いをかいだとたん食欲を刺激されてしまったのだ。ボルシチといえばウクライナの真っ赤なスープ料理だ。ロシアではロシア料理と認識している人もいると聞いたことがある。肉に赤カブ、キャベツ、ジャガイモ、ニンジンなどが入っていたはずだ。

「できあがったので火を止めます」

料理教室ではないのだから、いちいち料理の過程を報告しなくていい。

（それにしても……）

この店、僕ら二人と、いつもいる村木老人以外の客を見たことがない。こんな事で店の経営が成りたつのだろうか？

「バラライカを」

スツールに坐った喜多川先生がカクテルを注文した。

「安田くんは？」

またもやくんづけされたことにドキッとしつつも僕も喜多川先生と同じものを頼んだ。

実はバラライカがどんなカクテルなのか知らないけど喜多川先生が頼むのなら間違いはないだろう。

「はい、どーぞ」

出されたのは白いカクテルだった。

「ウォッカベースのカクテルです。それにコアントローとフレッシュレモンジュースを加えてシェイクするんです」

「コアントロー？」

「コアントロー社が作っているホワイトキュラソーです。キュラソーというのはリキュールの一つで、本来はオレンジの果皮を水に浸してアルコールを加えて蒸留して造ってたんですけど、今はブランデーベースのものとか、いろいろあるみたいですね」

よく判らないけど、とりあえずおいしい。

「バラライカと言えば『ドクトル・ジバゴ』を思いだすよ」

喜多川先生が言った。

「映画の方ですね」

ミサキさんの言葉に喜多川先生は頷いた。

「ああ。『ドクトル・ジバゴ』はロシアの作家、ボリス・パステルナークの小説だが私が思いだしたのは、その映画化の方だ」

喜多川先生は機嫌が良さそうに見える。映画が好きなのだろうか。それとも……。

あらぬ考えが僕の脳裏を過《よぎ》った。

(もしかしたら喜多川先生が好きなのは映画じゃなくミサキさん……)

まさかな。僕は自分の考えがおかしくなって思わず笑いだしそうになった。それよりもバラライカだ。バラライカって何だろう?

「安田くん。バラライカというのはロシアの弦楽器なの」

僕がバラライカって何だろう?　と疑問に思っていることを見抜いた洞察力にドキッとした。さらにミサキさんが僕に対して以前よりも少し親しげな口調になったように感じられることにもドキッとした。

「ギターや三味線のロシア版ね。共鳴胴の部分が三角形なのが特徴よ」

楽器のバラライカというのはだいたい判った。

「『ドクトル・ジバゴ』というのは一九六五年製作のアメリカ・イタリア合作映画でね。その中でバラライカが効果的に使われていたのだよ」

喜多川先生にも心理を見抜かれたようだ。やっぱり喜多川先生は、かなり映画が好きなようだ。

「出演者も豪華でしたね。オマー・シャリフにジュリー・クリスティー、それにアレック・ギネス、ロッド・スタイガー、ジェラルディン・チャップリンなどなど」

喜多川先生とミサキさんが僕の参加できない会話に興じている事がちょっと悔しい。それにしてもミサキさんはどうして古い映画について、こんなに詳しいんだろう？　もしかして見た目以上に年が行ってるとか？　そんな疑問が胸に兆したとき鉄でできた風鈴のような音がした。

「地震かな？」

僕は咄嗟にそう思った。地面が揺れたから何かが鳴ったのだと。今日は風はない。

「鐘の音ですよ」

ミサキさんが答えた。

「ドアについてるんです」

振りむくとドアが開いて村木老人が入ってくるところだった。たしかにドアの内側に黒い鉄でできた鐘がついている。

「みなさん、お揃いですな」

そう言いながら村木老人はゆっくりとした歩調でいつもの席に坐った。

「何のお話をしていたんです？」

「ドアの鐘ですよ」

喜多川先生が答える。その声がどこか不機嫌そうだ。

（変だな）

さっきは上機嫌だったのに。思い過ごしだろうか？　あるいは……。

僕は苦笑した。もしかして喜多川先生は村木老人抜きでミサキさんと会話を楽しみたいのではないか、その願いが叶っていたのに村木老人が現れて楽しみを奪われてしまったから不機嫌になったのではないかなどと、あらぬ事を考えてしまったのだ。そんな事はないと思うけど……。だけど今日はやけに早く喜多川先生がこの店にきたがっていたことは事実だ。もしかして村木老人がまだやってこないうちにという思いがあって……。

そんな僕の思考を知らずに村木老人はドアを見ると「ああ」と声をあげた。

「ちょっと銅鐸《どうたく》に似た鐘ですな」

言われてみれば確かに少し似てる気がする。

「銅鐸？」

相変わらず無知なバーテンダー……ミサキさんが訊き返す。

「知りませんか？」

「聞いたことはあるんですけど」

「青銅の釣り鐘ですよ」

「ああ、なるほど」

それだけで判ったのかよ！

「弥生時代に盛んに作られました」

「え、そんな昔に？」

何も考えずに判ったつもりになっていただけだったのか。おおかた現代の工匠たちが作っている釣り鐘とでも勘違いしていたのだろう。

「奈良時代かと思いました」

そういう間違いだったのかよ。いや、自分の無知をごまかすための言い訳的に言ったのかもしれない。いずれにしろ豪快に間違っている。

因みに青銅とは銅と錫《すず》の合金のことだ。これに亜鉛や鉛なども加えて、古代より青銅器というものが作られてきた。

「銅鐸が初めて文献に現れたのは七九七年成立の『続日本紀《しょくにほんぎ》』でした。奈良時代から平安時代に入った直後ですね」

村木老人が優しいフォローをする。

「ただ、実物が最初に発見されたのは一三三五年です」

「存在が予言されていた天休が後から発見されるみたいな感じですね」

よく判らないが。

「銅鐸は中国の鈴が朝鮮半島を経由して我が国に伝わったと言われています」

「そうなんですか」

「もっとも大陸の鈴には文様がありませんから銅鐸は日本で独自に発達したものと捉えていいでしょう」

「中国では、どのように使われていたんですか？」

「人の腰や家畜の首につけていたようですね。日本でも最初は小さなものでしたが、やがて巨大化しました。この点でも銅鐸は日本独自のものと言えますな」

「弥生時代の銅鐸も、やっぱりドアに吊したりしたのかしら」

僕はカクテルを噴きだした。ミサキさんが無言で僕に布巾を渡す。ちょっと困った子を見る小学校の女性教師のような目で。またまたドキッとする。

「ありがとう」

思わず礼を言ってしまった。考えてみれば、こういう場合、従業員が拭くケースが多いのではないだろうか？　前はそうしてくれていたような？　そんな疑問が胸に兆したがカウンターに噴いてしまったことは自分が悪いので何も言わずに拭くことにする。僕は、なんて大人なんだろう。いずれにしろ醜態を晒したことには、もう触れてもらいたくない。

「でも、どうして噴きだしたりなんかしたんですか？」

傷に塩を塗られた。

「当然だろう」

喜多川先生が助け船を出してくれた。ありがたい。

「弥生時代にドアはない」

「え、そうなんですか？」

頭痛を起こしそうになった。

「当時は、ほとんどが竪穴式住居だ。出入口には何かをかけていたくらいだろう」

「さもありなん」

ミサキさん若いくせに時代がかった相槌を打つ。

「ご教示、ありがとうございます」

ミサキさんはペコリと頭を下げた。その姿は意外とかわいい。いや、年齢的にはおそらく二十代後半だろうから〝かわいい〟などと思っては、かえって失礼か。

（僕は何を考えているのだ）

この店に来ると、どうも調子が狂う。

「補足しましょう」

どうして、このペアは失礼な言葉を連発できるのだろう？　名もない市井のアマチュア歴史研究家が、学界でも注目される気鋭の歴史学者に補足するなどと。

それと……。

この二人を〃ペア〃と捉えたことも僕のミスだ。ミサキさんと老人の二人は〃ペア〃ではない。いつも客のいないこの店にたまたま、この老人が客として来ているだけなのだ。それがペアという印象に繋がった。ただ、ドアを開けて店に入る瞬間、いつもミサキさんと老人が抱きあったりキスをしていたりする場面に出くわすのだが、それは角度によって偶然そう見えただけで、なにも本当に抱きあったりキスをしてるわけではない。そうに決まってる。

「銅鐸というのは青銅の釣り鐘のようなもので、紀元前二〇〇年から紀元後三〇〇年、すなわち弥生時代の五百年に亘って制作、使用されました」

補足になってないし。

「何をする道具ですか？」

「バーテンダーさん。それは誰にも判らない」

「え？」

喜多川先生の言葉にミサキさんはグラスを拭く手を止めた。

「音を鳴らすための道具だった。それは確かだ。では、どういう時に鳴らしていたのか。何に使われていたのか。一応、祭祀用だと見られているが証明されたわけではない」

「換言すれば銅鐸は何のために作られたのか？　それは日本史上の大きな謎になっていて、まだ誰も解明していないんですよ」

「そうだったんですか」

村木老人が嬉しそうな顔を取りもどして頷く。

「じゃあ、ここで解明してみましょうか」

あまりにも誇大妄想かつ荒唐無稽かつ気宇壮大すぎる言葉を聞いて一瞬、頭の中に空白が生じた。

「馬鹿馬鹿しい」

喜多川先生がミサキさんの戯れ言を一笑に付してくれた。

「長い間の日本史上の謎が、いまこのバーで解明されるわけがないでしょう」

「喜多川先生がいてもですか？」

ミサキさんの褒め殺しのような質問に喜多川先生は言葉を詰まらせる。どんな謎も自分が解いてみせるという気概を秘めている喜多川先生の秘孔を突いた感じだ。因みに秘孔とは『北斗の拳』に出てくる人体の急所のことだ。

「やってみましょうか」

村木老人がムカつく笑顔で相変わらずのお気楽発言を繰りだす。

「やりましょう、やりましょう」

物静かな佇まいのミサキさんも、こういう話になるとノリがいい。

「話にならない」

喜多川先生が溜息交じりに呟く。

「まあ、そう仰らずに、おつきあいください。ボルシチを一杯、サービスしますから」

店の者としての経営感覚に疑問符をつけたくなるような提案だ。ありがたいけど。言葉通り小さなスープ皿に入った深紅のボルシチが提供された。

「では遠慮なく頂戴しよう」

いい香りに抵抗できなくなったのか喜多川先生がボルシチをスプーンで口に運ぶ。僕もたまらずにボルシチを口に運ぶ。

（おいしい）

そう思った。

「銅鐸ってこんな感じですか？」

ミサキさんがナプキンにサインペンでスラスラと絵を描いた。お寺にある釣り鐘とほとんど同じ形だ。

「基本的には合ってますが上面は平らになっています」

「平らですか」

「はい。その部分を〝舞《まい》〟と呼びます。舞を覆うように把手がついています」

村木老人がミサキさんが描いた絵に把手を描き足す。かなり幅のある把手だから持ちにくそうだ。

「銅鐸には襞《ひだ》がついてるものもあります」

「襞？」

そう言いながらミサキさんが小首を傾げた。

（可愛い）

悔しいけど可愛い。ミサキさんは自分の可愛さを判ってやっているのだろうか。

「こんな具合です」

村木老人がミサキさんが描いた絵に襞を描き足す。銅鐸の上部についている把手を延ばす形で銅鐸の下部まで襞が続いてる。魚の背鰭《せびれ》のようだ。

「へぇ～」

心底、感心したようにミサキさんが村木老人が描き足した絵を覗きこむ。

「表面には文様が鋳込《いこ》まれています」

「どんな文様ですか？」

「基本は流水紋ですね。水が流れる様を表した文様です」

また村木老人が描き足す。

「指紋みたいですね」

「たしかに。ほかにも渦文が指紋のようですね」

「指紋に似てるもの以外の紋はないんですか？」

「初期からあるのは袈裟《けさ》襷《だすき》紋ですね。これは縦と横の帯が交差している格子目状の文様です。ノコギリの歯のような紋もありますが、やがて生き物を描いた文様が増えてゆきます」

「生き物……」

「人物像を始め、鹿、魚、水鳥、亀、トンボ、カマキリ……」

この老人、意外と銅鐸にも詳しいようだ。

「けっこうヒントはあるようですね」

今まで誰も解けなかった謎に対して〝けっこうヒントはある〟と感じることのできるミサキさんのウルトラポジティブさは天然記念物級だ。

「銅鐸って有名なんですか？」

答えようのない質問をミサキさんがカクテルを作りながら無邪気に投げかけてくる。

〝銅鐸って有名なんですか？〟という言葉は〝コップって有名なんですか？〟と同じぐらい馬鹿げた問いかけだと思う。誰でも知ってる普通名詞だろう。わざわざ〝有名〟という言葉を持ちだすものではない。それとも、そう思うのは僕が史学科の学生だからだろうか？

「有名ですね」

村木老人が、そんなミサキさんの馬鹿げた質問に何の疑問も抱かずに答えている。

「それなのに、どうしてその用途が判ってないんですか？」

それを解明しようという話じゃなかったのか？

「当時は文字がありませんでしたからねえ」

「あ、なるほど」

それで納得したんかい！

「用途を記した記録が残ってないんですね」

「そういう事です」

「どの地域から出土してるんですか？」

そうかと思えばとつぜん専門的なことを訊いてくる勘の良さも持ちあわせているから侮《あなど》れない。

「銅鐸文化圏、銅矛《どうほこ》・銅剣文化圏というのを聞いたことはありませんか？」

村木老人が極めて初歩的な日本史の知識を尋ねる。

「ありません」

「近畿を中心に分布する銅鐸と、九州を中心に分布する銅矛、銅剣を指標にして設定した弥生時代の文化圏のことです」

「じゃあ銅鐸は近畿を中心に出土してるんですね」

「そういう事です。もっとも、銅鐸はその後、九州でも発掘されだしましたが」

「そうなんですか」

「かつては青銅器の出土量が少なかったんです。ところが出土量が増えるに従って銅鐸は近畿、銅矛、銅剣は九州、という偏りは少なくなってきました」

「じゃあ今は銅鐸文化圏、銅矛・銅剣文化圏という区分は、なくなったのかしら？」

「そういう事です」

相変わらず勘はいいんだよな……。

「完全に均一になったわけではありませんけどね。未だに銅鐸は近畿、銅矛、銅剣は九州という傾向はあるんです」

「区分をなくさない方がいいかもしれませんね」

単純な発想が羨ましくもある。

「銅鐸は、どんな遺跡から発掘されてるんですか？」

「遺跡ではないな。銅鐸は、ほとんどが山から出土している」

喜多川先生が口を挟む。

「山から……」

そこに何か意味はあるのだろうか？

「だいたいが山の麓から中腹あたりだ。目印もないから見つけにくい」

「出土数はどれくらいあるんですか？」

「近畿を中心に五百以上。二〇一五年に淡路島でも七個が見つかっているが、その銅鐸には内部に音を出すための振り子も入っていた」

「そんなにあるんですか。なのに、どうして用途が判らないのかしら」

「銅鐸といってもその形は一様ではない。大きさも、まちまちだしね」

「たとえば？」

いつもながら、気鋭の歴史学者にタメロで質問できるとはいい度胸だ。

「最初は高さ十二センチほどのものだった」

だけど人のいい喜多川先生はミサキさんの質問にも丁寧に答えてゆく。あるいは、この店に通ううちに歴史バトルを楽しむようになっているのだろうか？

（いや、それはないな）

学界でも高い評価を受けている先生が、こんなド素人との議論を楽しむなど、ありえない。

「それが時代を経るに連れて、だんだん大きくなって、最後は一メートルを超した」

「どうして大きくなったんですか？」

「それも謎だ」

「一メートルもある青銅なんて重くて持ち運びにも不便ですよね」

「だが弥生人はその大きさの銅鐸を作ったんだ」

「最初は実用的に使っていたけど、だんだん実用性が薄れて飾り物になっていったとか」

ドキリとした。ミサキさん、やはり勘がいい。

「普通に考えればそうなりますよね？」

「銅鐸は祭りの道具……。それが答えだ」

答えが出てしまった。この場末のバーで。銅鐸が祭祀用の道具だということを以前から唱えている学者は多い。だが喜多川先生はその証明をこのバーでしようとしているのかもしれない。先生ならそんな芸当もできるはずだ。

「そう考えれば銅鐸が時代を経るに連れて大きくなっていった理由も説明できる」

「その通りです」

僕は喜多川先生の説に追従する。

「銅鐸は最初から祭祀用の道具だったんです。もともと実用性はない。だから持ち運びに困るほど大きくなっても、かまわないんですよ」

「そういう事だ」

「はたしてそうでしょうか？」

なんだ、その堂々とした疑問の投げかけは？

「もともと実用的に使っていたものでも、やがて実用性が薄れて飾り物に変化することはあると思うんです。ねえ村木先生？」

「そうだね」

「たとえば？」

僕はいささかムキになって尋ねた。

「振袖などは、そうでしょうね」

前にこの店で八百屋お七の話題になったときに振袖は未婚女性が着る袖の長い着物だということは覚えた。

「振袖は長い袖はもちろんですが、そのほかに脇が大きく空いていることが特徴なんです」

「それが？」

「それには元々、実用的な理由がありました」

話が僕にとって厭な方向に向かっている気がする。

「十六、七歳以下の子供は大人に比べて体温が高くて動きも活発で熱を発しやすいですからね。適度な体温を保つために脇が空いているんですよ。それがやがて実用性は忘れられて装飾の意味が強くなったんです」

「それが今の振袖か」

喜多川先生の呟きに村木老人は嬉しそうに頷いた。

「じゃあ銅鐸は、もともとどんな実用性があったというんですか？」

僕は皮肉を込めてミサキさんに訊く。

「鐘、ですよね」

その皮肉は通じず、至極あっさりと答えられた。

「さきほど銅鐸は青銅の釣り鐘のようなものだと教えていただきました」

「正確に言えば鐘とは言えないが、まあ釣り鐘のようなものと捉えてもいいだろう」

銅鐸は鈕《ちゅう》と呼ばれる把手、吊り手の部分に紐を通して木に吊し、揺らすと中に吊るされた舌《ぜつ》と呼ばれる細長い振り子が鐸身に触れて音を発する仕組みになっている。日本では古来より、有鈕無舌の鳴り物を鐘、有鈕有舌を鐸、有鈕有丸を鈴と呼ぶと喜多川先生に教わったことがある。

「だが、その鐘が何のために使われていたのか」

「まさか音楽を奏でるためでは、ないでしょうしねえ」

「どうしてですか？」

どうしてミサキさんは反論の余地のない僕の説を疑問に思うのだろう？

「銅鐸が制作された時代を考えてみれば判るでしょう」

「そうだよ。その時代に音楽はないでしょう」

僕には完全なタメロ？　ある意味うれしいけど。

「弥生時代、だよね？」

※

「そうなんですか？　祭りはあるのに？」

どうして村木老人に確認を取るのだろう？

「少なくとも楽器と呼べるものは出土していません」

「そうなんですね」

やっとミサキさんも納得したようだ。

「その頃の祭りって静かだったのかしら？」

「それは判然としないが銅鐸が祭祀用だったと考えれば、とつぜん消滅した理由にも説明がつく」

「とつぜん消滅？」

「銅鐸は弥生時代の終わりに突然、消えてしまったんだ」

「時代はそこから古墳時代に突入します」

村木老人の解説はいらない。

「どうして突然、消えてしまったんですか？」

それを喜多川先生が説明しようとしているのだ。

「新しい為政者に駆逐されたと説明する学者もいる」

説明終了。

「新しい為政者？」

「地元の豪族かもしれないし九州から東上《とうじょう》してきた勢力かもしれない」

「その人たちが近畿を支配して銅鐸を駆逐した……。そういう事ですか」

「もちろん諸説あるから、それが正しいとは限らないが……。その年代以降、銅鐸が姿を消したことは確かだ」

「それは、新しい為政者が銅鐸を捨てたってことを意味してるんですよ」

僕は喜多川先生の手間を省こうと補足する。

「なぜ捨てたかというと旧為政者が祭祀用として使っていたから旧為政者を象徴する銅鐸を一掃したかった……。そう考えられるんです」

「弥生時代が過ぎて為政者が替わった。そのときに前の統治者の祭祀用であるものは葬られた……。信憑性はあるだろうね。当時の祭祀は政治と密接に結びついているから。それまでの権力を払拭する意味で、その象徴であった銅鐸を葬った。だから忽然と姿を消したのだよ。道具だったら、そのまま使ってもいいわけだ」

僕と喜多川先生の連携プレイ。

「でも銅鐸に彫られている文様は植物ではなくて山や川の生き物が多いんですよね？」

「それが？」

「祭祀用ということは古代の日本だったら豊作を祈るため……。つまり植物の文様になる気がします。山や川の生き物の文様が多いという事は農耕の祭祀用ではないって事を意味してるんじゃないかしら？」

頼りの喜多川先生は黙っている。

それは言えるか……。

「当時は稲作の時代なのに変じゃありません？」

「それに、どうして山に埋めたんでしょう？」

喜多川先生のグラスを持つ手がピクリと動いた。

「銅鐸は山に埋められていたって言いましたよね？」

「そうだ」

「単に葬り去るためなら何もわざわざ山に持っていかなくてもいいと思うんです。その辺に埋めれば」

「その辺って……」

いったいミサキさんは学問を何だと思っているのか。

「居住地の近くには捨てづらいでしょう。祟りがあるかもしれないし」

僕が喜多川先生の代わりにミサキさんに教える。

「でも川に捨てるとか海に捨てるとか。そうすればどっかに流れていっちゃうし、その方が簡単ですよね？」

めげない人だ。

「今だってゴミを川に捨てたりする人はいます」

そういえば田舎のお婆ちゃんが家の前の川にゴミを捨ててたっけ。口にはできないけど。

「工場の廃水も川に流していた時期がありましたよね」

昭和の話だろうか。

「それなのに、わざわざ山に運んで捨てている。それも、ただ捨てるんじゃなくて埋めてるんですよね？」

たしかに妙な気もしてくる。

「前の為政者の痕跡を徹底的になくそうとしたんじゃないですか？」

僕は喜多川先生に訊いた。とつぜん思いついたことだけど、もしかしたら歴史の謎の真相を言い当てている可能性もある。そんな手応えを感じた。

（ミサキさんが〝このバーで歴史の謎を解明してみましょう〟などと戯れ言を言っていたけど案外その言葉、当たるかもしれないぞ。ただし解明するのは僕だけど）

期待を込めた目で喜多川先生を見つめ続ける。喜多川先生のお墨つきがもらえれば僕は突如として彗星のように学界にデビューできるかもしれない。

「それはないですね」

幻聴が聞こえたような気がする。

「なぜだね?」

喜多川先生が冷静な口調でミサキさんに訊いている。ということは幻聴ではなかったのか。

(考えられない発言だ)

一流の教授について歴史を真剣に学んでいる僕の意見をド素人が気楽に否定するとは。もっともド素人だから僕の優秀さが判らないのだろうけど。

「前の為政者の痕跡をなくすのなら海や川に捨てれば充分ですから。その方が楽ですし。さっき言いましたよね?」

「では君は、いったい銅鐸は何のために使われていたと思うんだね?」

「それは判りませんけど……」

口ほどにもない。

「村木先生、どうですか?」

いきなり話しかけられて村木老人が噎せた。すっかり蚊帳の外に置かれている自分の立場に逆に安心しきっていたのだろう。だけど空気を読まないミサキさんは容赦しない。

何の考えもない村木老人に強引に話しかけて結果的に恥をかかせようとしている。

「それは、その……」

　案の定、口籠もっている。

「最初は、やっぱり実用的に使われていたと思うんですよね」

「う、うん。そうだね」

「いや、巨大化したということは実用的ではない。やはり祭祀的な意味合いを持っていたということだろう」

「そうかもしれないですけど」

　あっさり自分の間違いを認めて喜多川先生の説に下ったか。最初からそう素直にしていればいいのに。

「でも、形態が気になるんです」

「形態？」

「釣り鐘の形をした形態です。たとえ祭祀用であったとしても、そこに具体的な使い道があったんじゃないかしら」

「具体的な使い道とは？」

「音を鳴らすという使い道です。その方が祭りっぽいじゃないですか」

　言われてみればそんな気もしてくるが……。

「どうですか？　村木先生」

だから、喜多川先生に訊いてくれ。

「基本的には祭祀ではなく、家畜につけていたという大陸での使い方を踏襲していたでしょうね」

「あ、そうか。家畜につければ音が鳴るから家畜の位置確認などに使えますもんね。家畜が逃げだそうとしたら気づくとか」

「最初は家畜につけていても大型化していったら家畜にはつけられないじゃないですか」

　僕はミサキ理論の穴を突く。

「やっぱりポイントは埋めたことにあると思うんです。ただ捨てたんじゃなくて、わざわざ埋めた。違いますか？　村木先生」

「いや、違わないでしょうね」

　村木老人は真剣に考えているのだろうか？　若くて美しい女性の言葉にただテキトーに合わせているだけなんじゃないだろうか？　ふとそんな疑問が胸を過る。

「そこに、なんらかの意味がありますよね？」

　村木老人は頷く。

「しかも里じゃなくて山に埋めた。このことにも何か重要な意味があると思うんです」

「う、うん。そうなるでしょうね」

「山に埋めたことの意味か」

喜多川先生がグラスを見つめながら呟く。喜多川先生は、どうもミサキさんの言葉を重視しすぎる傾向がある。なんでだ。ただの素人ではないか。

「はい。それにやっぱり〝鳴る〟ということが重要だと思うんです」

考えてみれば当たり前の話だ。銅鐸は山に埋められている。そして鳴る。このことも過去の研究者たちが解明してきたことではないか。問題はその意味するところだ。

「さきほど流水紋の話をしてくれましたよね？」

「ああ」

「流水紋って、つまり水ですよね」

「それが？」

「判りませんけど、流水紋の他に銅鐸には生物の絵が多く描かれているんですよね」

ミサキさんは目を瞑《つむ》った。

(何やってんだ？　仕事中に)

しかも俯いてブツブツ独り言を言いだした。

「水、生物……水、生物……」

なんだか怖い。

「あ」

ミサキさんが顔をあげる。

「どうした？」

喜多川先生が険しい顔でミサキさんを見る。なにもそんな険しい顔を向けなくても。素人に向かって。

「もしかしたら……」

「もしかしたら何だね？」

「流水紋って、水が流れてくる様ですよね？」

「流れてくるのか、最初から流れているのか」

「それは何を表しているんでしょうか？」

「川、じゃないの？」

僕が答えた。これ以上、実《じつ》のないなぞかけにつきあうのはごめんだから答えを提示するしかない。

「その可能性は高いですよね」

なんとなく上から目線の発言に感じるのは気のせいだろうか。

「でも水が流れてくるって、それだけでしょうか？」

「他には……」

村木老人が考えだす。考えてもしょうがないだろう。

「洪水とか、津波とか」

「あ、そうですよね。津波がありますよね」

津波……。

「たしかに当時の人にとっても津波は脅威だっただろうね」

「喜多川先生……」

「まさか銅鐸が津波除けの呪《まじな》いのために作られたと？」

「そういう可能性も少し思いついたものですから」

「だけど津波は、しょっちゅう来ているというわけじゃない」

「ですね」

「第一、銅鐸が埋められたのは山だよ。津波の被害は及ばないところだ」

「でした」

ミサキさんはペロッと舌を出した。食品を扱っている以上、あまり好ましくない行為だ。かわいいけど。

「津波の原因って何でしたっけ？」

いつから歴史談義から科学談義になったんだ？　自分が頓珍漢な津波説を披露して木っ端微塵に粉砕されたもんだから苦し紛れに、さらに頓珍漢な反論を試みたのだろうか？

「いろいろあるんじゃないのか？　地震とか」

「ですよね」

ミサキさんは喜多川先生の言葉に頷くと村木老人に顔を向けた。

「地震って昔も大きな脅威だったのかしら？」

「当然、そうでしょうね」

村木老人が答える。

「昔も今も地震の脅威は変わらないでしょう」

「頻度も津波よりも多いですよね」

ミサキさんの言葉に村木老人は何かを思いついたように目を見開いた。

「昔の人……銅鐸が作られていた弥生時代の人は地震の原因は何だと思ってたんでしょう」

「ナマズ？」

僕は思わず訊いていた。

「弥生時代に、そういう認識はなかったでしょう」

村木老人に窘められた格好になってしまった。僕の師は喜多川先生だけだ。

「地震の原因をナマズだとしたのは豊臣秀吉の手紙が初出だったと記憶しております」

「弥生時代の人は地震の原因は山だと思ってたんじゃありませんか？」

「山？」

「ええ」

「どうしてそう思うんです？」

村木老人が優しげな目でミサキさんに尋ねる。

「火山です。日本は火山国ですから、全国、隈無《くまな》く火山がありますよね」

どの程度の頻度を〝隈無く〟と呼ぶべきかは議論の分かれるところだろうけど日本が火山国であることに異存はない。

「噴火の前には火山性の地震が起きますから、その辺りから地震は山が起こすんだと昔の人が考えても不思議はないように思うんです」

ミサキさんの綺麗な声のせいだろうか。真実に聞こえるから不思議だ。

「はたしてそうだろうか」

さすが喜多川先生だ。ミサキさんの説に靡《なび》きかけた僕の弱い心を即座に軌道修正してくれた。

「地震を起こす原因と思われたのは山よりも雷だろう」

「雷、ですか」

「噴火に地震はつきものだが同時に火山性の落雷も起きる」

「え、そうなんですか？」

ミサキさんの驚きももっともだ。喜多川先生の博識ぶりには、いつも感心させられる。

「当時の人は雷を竜に準《なぞら》えた。火山に棲む竜が雷を起こし地面を震わせた。雷が光ると地面が揺らぐ感覚があるだろう。噴火も地震も竜の仕業だと自然に考えたんだ」

「たしかに雷が落ちると地面がドーンと揺れるような気もしますけど山は雷と違って常にそこにあります。雷が鳴っていないときの地震は山が起こすと考えるのもまた自然ではないでしょうか」

「山には、それだけの力があると思われていたでしょうね」

村木老人がいらぬ援護射撃をする。

「山は古代より畏れの対象だったんです。人々は山を恐ろしい存在として恐怖し、また力のある存在として崇めもしました」

「そうだったんですか」

ミサキさんが、わざとらしい相槌を打つ。

「だったら当時の人が〝地震は山が起こす〟と考えても不思議はありませんね」

不思議はないかもしれない……。いけない。またミサキさんの言説に靡きそうになってしまった。

「だから山に埋めたんじゃないかしら」

「え？」

思わず声をあげてしまった僕は助けを求めるように喜多川先生を見た。ところがミサキさんの言葉に喜多川先生まで考えこんでいる。

「山を神と崇めていたことは確かだが」

喜多川先生……。

「だったら、その神に祈るために銅鐸を山に埋めたのかもしれませんよね。地震を鎮めてくれ、起こさないでくれって」

村木老人が大きく頷く。さも自分がその結論を最初から判っていたかのように。

「地震を鎮めるために銅鐸を山に埋めた？」

喜多川先生の目が吊りあがった。無理もない。それほどミサキさんの言葉は意外なものだったのだ。

「そうです。村木先生、銅鐸の目的が地震を鎮めるための呪い、あるいは祈りの道具だったという可能性はあるのでしょうか？」

「ある……。かもしれないですね」

「馬鹿馬鹿しい」

僕は思わず強い言葉で言った。

「そんな突拍子もないことを」

「そうでしょうか？」

「突拍子もないでしょう。今まで学界でそんな説を唱えた人はいませんよ」

「どんな説でも最初は唱えたことがなかった説ではないでしょうか？」

う……。

「そう考えると銅鐸が巨大化していった理由も説明できると思うんです」

「どういうこと？」

「銅鐸が、だんだん大きくなっていったのはどうしてですか？」

「まだ定説はないよ」

僕は辛抱強く教える。この店に来るようになってから、高名な学者である喜多川先生が無名の歴史マニアおよび、ただのバーテンダーにも丁寧に歴史を講義している姿を見て学んだ姿勢だ。

(僕も人間的に少し成長したのかもしれない)

微かな自己満足で自分を納得させる。

「君には説明できるのかね？」

このように喜多川先生はミサキさんに自分から質問しさえする。

「地震を抑えつけるため、ではないでしょうか？　揺れる大地を抑えるんです。その重さで」

「抑えられるわけないだろう」

僕は思わずぞんざいな口調になる。

「あくまで象徴ですよ」

ムカつく。

「実際には抑えられなくても〝抑えたい〟という人々の切実な気持ちが銅鐸をどんどん重く大きくしていったのではないでしょうか？」

喜多川先生がミサキさんの言葉を真剣な顔で考えている。

（何をそんなに考えることがあるのだろう？）

まさかミサキさんの言葉に一理あるとでも？

「一理ありますね」

村木老人の言葉に僕は噎せた。

「どこが」

噎せながら反論しようとするとミサキさんがカウンターから出てきて僕の背中をさすってくれた。この店史上最大にドキッとした。

「だ、大丈夫です」

ミサキさんに背中をさすられている僕を見る喜多川先生の目がどこか羨ましそうなのは気のせいに違いない。

「重いから地震を抑えるか。言われてみれば、そう思えなくもない」

「喜多川先生……」

「ありがとうございます」

思わぬ喜多川先生の援護にミサキさんは僕の背中をさする手を止めて深々と頭を下げた。

「しかし、どうしてそんな事を思いついたんだね？」

「形です」

カウンター内に戻ったミサキさんが答える。

「形？」

「はい。銅鐸の形が何かに蓋をするように見えたものですから。グツグツと沸騰するお鍋に蓋をしてお湯を抑えるみたいに、揺れる地面に蓋をして揺れを抑えようとしてるんじゃないかって思ってしまったんです」

「なるほど」

店に入るときにミサキさんがボルシチの鍋の蓋を押さえている光景が記憶に蘇った。

「それに祭祀用だったら、あれほど大きくはならないでしょうから」

それはいえるか……って、納得してどうする。

「地震が起きれば津波に繋がることも古代の人も経験的に知っていたんじゃないかし

ら？」

「だから？」

「だから、流水紋です」

「あ」

僕は不覚にも声をあげてしまった。

「あれは津波を表していると？」

「もしくは川や沼、湖が揺れている様子とか」

喜多川先生は考えこむ。以前、上野の博物館に展示されている銅鐸を見たときのことを思いだした。たしかに流水紋は水が揺れている、あるいは波打っているようにも見えた。それが地震のせいで揺れている様を表しているとしたら……。

「しかし銅鐸の文様は水よりもむしろ動物が多い」

「動物ですか」

「そうだ」

「村木先生」

ミサキさんは村木老人に視線を移した。

「動物と地震って何か関連があるんですか？」

何だ、その訊き方は。まるで村木老人を誘導して正しい答えを導くような訊き方ではないか。

「そうですね……」

村木老人は何の疑問も持たずに素直に考えている。

「昔から地震の前に動物は、そのことを察知して逃げだすとは言いますね」

「そうですね！」

ミサキさんは、わざとらしい相槌を打った。

「ナマズも地震の前触れを察知して地震が起きる直前に、いつもと違う動きをするって言いますもんね」

その言い伝えの初出は秀吉らしいとさっき聞いたけど類似した考え方は古来よりあったのかもしれない。

「だからお守り代わりに動物の絵を彫ったのかもしれませんね」

「その通りでしょうね」

何が〝その通りでしょうね〟だ。自説っぽく言っているがミサキさんの言葉に誘導されただけじゃないか。

「地震って当時の人たちにとっては大した問題ではなかったんでしょうか？」

「とんでもない」

また村木老人がミサキさんの誘導尋問に引っかかった。

「地震は昔から大問題でしたよ」

「ですよね」

「なにしろ地面が揺れるんですからね」

「なんとかして抑えようとするのも無理はありませんね」

「その通りです」

　またしても村木老人はミサキさんの意見を、さも自分の意見のように言っている。それとも二人は一心同体なのだろうか？

（ハッ。何をくだらないことを考えているのだ、僕は）

　どうも調子が狂う。

「地震を鎮めるって個人の願いではなくて、そこに住んでいる人みんなの願いだから、銅鐸は個人宅には埋めないで山に埋めたのかもしれませんね」

「おそらくそうでしょう」

　村木老人が言った。

「だったら銅鐸は新しい為政者たちが葬ったのではなく制作民たちが自ら埋めたと言うんですか」

「そうなりますすね。新しい為政者たちは巨大化した銅鐸に馴染みがなかったので新たには作らなかったのでしょう」

筋は通る……。銅鐸が巨大化した理由。それが山に埋められている理由。為政者が替わってから新たに作られなくなった理由……。

「そういえば……」

ミサキさんがグラスを拭く手を止めた。

「何だね？」

喜多川先生が我慢できずにミサキさんに尋ねる。ミサキさんが妙な間を取るからだ。

「字です」

「字？」

「はい。〝鎮める〟っていう字。金偏ですよね」

「それが？」

「銅鐸も金属でできていますから何か繋がりがあるのかなって」

ミサキさんはニコッと笑った。この笑顔に騙されてはいけない。村木老人は完全に騙されているようだが……。喜多川先生も危ない。

（親父殺しか）

さすがにバーで働いているだけあって侮れない。

「なるほど。土を金属を以て制する。そういう発想が成されても不思議ではありませんな」

村木老人は「QED」とでも言うような調子で言った。店内に静寂が訪れる。

「でもさ」

このまま〝証明された〟的な雰囲気で店を出るわけにはいかない。僕は抵抗を試みる。

「最初は小さかったんだよ。銅鐸は最初は風鈴ほどの大きさだった。けっして地面を抑えるようなイメージの重さじゃない。だから地震を抑えるためじゃないはずだ。最初の頃は、やっぱり別の目的があったはずなんだ。その目的を解明しない限り」

「地震予報装置だったのかもしれません」

ミサキさんの言葉に僕の言葉は中断させられた。

「地震予報装置？」

ミサキさんは頷く。

「どこか近くの木の枝か何かに吊しておくだけの簡単な装置ですけど、揺れたら鳴りますよね？」

そう言ったときドアの鐘がチリンと鳴った。

「把手が平べったくて持ちにくそうですから手に持ったんじゃなくて、やっぱりぶら下げて使ったんだと思うんですよ」

この店のドアベルのようにか。

「いま地震があったんじゃないかね？」

「揺れてませんよ」

「震度2ですね」

ミサキさんがカウンター内に置いてあったのかスマホを見ながら答える。

「やっぱり地震だったんだ」

「震度が小さいと感じない人も多くいます。でも小さな地震と侮っていると、やがて大きな地震になることもありますから早く知っておくに越したことはありません」

古代人も、そのつもりで……。

「銅鐸は、やがて地震そのものを象徴していったのかもしれません」

銅鐸は〝地震予報装置〟であったが、やがて巨大化して〝地震を鎮める装置〟へと変化していった……。

「どうぞ」

ミサキさんが先生と僕に二人分のカクテルを差しだす。

「これは?」

「〈銅鐸の調べ〉……当店オリジナルのウィスキーベースのカクテルです。サントリーの響とベルモットを混ぜてステアしただけですけど」

グラスの中の氷がカランと音を立てた。どこか古代から時を超えて響いた音のように聴こえた。

論理の八艘飛び～源義経異譚～

どうしてこの道を通っているのか。気がついたら喜多川先生と、いつもの道を歩いている。

「平将門は歴史上、特筆すべき重要な武将だよ、安田君」

そうそう。また歴史談義をしたくて僕たちはこの道を歩いているのかもしれない。

「と言いますと？」

「日本の王になろうとしたからね」

平将門は武力によって関東に政権を樹立して〝新皇《しんのう》〟となることを目論んだ。野望の大きさや、その実力から言って足利義満や織田信長に匹敵する武将なのかもしれない。

そんな話をしていると馴染みのある路地に出た。馴染みのある店――〈シベール〉が見える。その店のドアを開けるとカウンターの中でブラウスの前を閉めているミサキさんの姿が目に飛びこんできた。

（え？）

どういう事だ？　どうして店の中でブラウスのボタンを留める状況が生まれるのだろう？　ボタンを留めるということは、その前に外すという行為が当然、あるわけで……。奥のスツールには今回も村木老人が坐っている。

「丁度いいところに、いらっしゃいました」

ミサキさんは取り繕った様子もなく相も変わらぬ笑顔で迎えてくれる。だけど髪の毛が少し乱れている。

(いったい何をしてたんだ)

疑念は深まるばかりだ。

「丁度いいところとは?」

喜多川先生はミサキさんの怪しい挙措が見えなかったのか呑気な質問を発する。

「塩ジンギスカンを三人分、作ったところなんです」

それで熱くなって胸元のボタンをいくつか外したのだろうか。

「三人分?」

喜多川先生が疑問を発する。客は一人しかいないから疑問に思うのは当然だ。

「そろそろ、お二人がいらっしゃるんじゃないかと思って」

予知能力でもあるのか?

「毎週、日曜日のこの時間にいらっしゃるでしょう?」

「なるほど」

喜多川先生がそう言いながらスツールに坐る。僕もいつも通り喜多川先生の隣に坐る。すかさず、おしぼりが出てきて僕たちはそれを受けとった。手を拭いてサッパリすると香ばしい香りが食欲を刺激する。

「折角だからさっそく、その塩ジンギスカンとやらを頂こうか」

「ありがとうございます。その前にビールをどうぞ」

サービスがいいのか強引なのか。歩いてきた、つまりウォーキングしてきた後だけにビールが飲みたいことは確かだ。バーテンダーでありママ的でもあるミサキさんは、そういう客の心理も知り尽くしているのだろうか。喜多川先生はグラスに注がれたビールを受けとるとすぐに一口飲んだ。

「うまい」

僕も続く。家で飲む缶ビールとは確実にきめの細かさが違うように感じられる。

「そして……塩ジンギスカンです」

差しだされた皿の上には一口サイズに切られた薄い羊肉《ひつじにく》とモヤシ、ピーマン、ニンジンなどが載っている。

「塩ジンギスカンといっても羊肉を使った野菜炒めってだけですけど。ただ塩麹につけた羊肉を使うところがポイントです。後は塩ニンニクと生姜でサッパリ感を演出してみました。熱いうちに召しあがれ」

ミサキさんに促されて、ひとつまみ口に運ぶ。

「おいしい」

思わず声が出る。羊肉は匂いがきついって思ってたけど、そんな事はないようだ。

「羊肉は牛肉や豚肉には含まれていない不飽和脂肪酸を多く含んでいるんですよ」

「フホーワ……？」

「鰯や鯖などの青魚に多く含まれている成分です。コレステロールを減らす効果があるって言われているんです」

そうなんだ。喜多川先生の羊肉を食べるペースが若干、上がったような気がする。

「年寄りには牛や豚よりも消化がいいような気がしますな」

そう言いながら村木老人が羊肉をパクつく。

「あくまで個人的な感想ですがね」

CMの但し書きのようなことを言う。

「安田くんはジンギスカンは食べた事がないの？」

クラスメイトでもない女性から〝くんづけ〟で呼ばれることは滅多にない。もしかしたらクラスメイト以外では、この店だけではないだろうか。店の者が客に対して発する言葉ではないような気がする。

（だが、それがいい）

そんな『花の慶次』のような言葉も脳裏に浮かんでしまった。

「安田君。どうなんだね？」

いろいろな考えが頭の中を渦巻くうちに返事を忘れていた。ミサキさんの代わりに喜多川先生に返事を催促されてしまった。

「食べた事はないですね」

「それは残念ね」

「ジンギスカンは東京でも食べられますよね」

「そうね。羊肉自体、東京のスーパーでも普通に売ってたりするけど、やっぱりジンギスカンは北海道ね」

「どうしてジンギスカンは北海道の名物なんでしょうね？」

思わず素直な疑問が口をついて出てしまった。

（しまった）

喜多川先生の目が冷ややかな気がする。僕は的外れな、あるいは誰でも知っているようなことを訊いてしまったのか？

「洋服を着る日本人が増えたからなんですよ」

村木老人が答えた。洋服を着る日本人が増えたことと北海道でジンギスカンが定着したことと、どういう関係があるんだ？

「昔はヒツジ自体が日本人には馴染みの薄い動物だったんです。羊肉もホテルなどでごく少量、使われているだけでした。ところが洋服を着る日本人がだんだん増えてきて、政府は羊毛を安定供給する必要性に迫られたんです」

「そこでヒツジですか」

「はい。同時に羊肉を食べる研究も行われました。当時の農商務省は大正七年に国内で百万頭の羊を飼う計画を立てたんです。全国に五ヵ所造られた羊牧場のうち二ヵ所が北海道だったんです」

「それで北海道と羊肉は縁が深いんですね」

「そういう事です」

さすがに歴史学者を名乗るだけあって変なことまでよく知っている。

「ジンギスカンといえば義経ですね」

は？　恩を仇で返すようで悪いが何を言っているのだ？　ミサキさんは。

「どういう事かね？　まさか、あの……」

案の定、喜多川先生が疑問を呈する。

「そうです。源義経が生き延びてモンゴルに渡ってジンギスカンになったっていう説がありますよね。ジンギスカンは即位の時に白旗を立てたそうですけど、これは源氏の持っていた白旗と共通しているんですって」

また村木老人に変なことを吹きこまれたのだろうか？

たしかに平氏は赤旗、源氏は白旗という事になってるけど。

「荒唐無稽だ」

出た。喜多川猛の一刀両断。そういうタイトルのコラムでも連載したらどうだろうか。

「ですよね」

ん？　いつものように反論しないのか？

「君も荒唐無稽と思うのかね？」

「思いません」

支離滅裂だ、このお嬢さんは。いや、年増かもしれないけど。でもキレイだけど。いずれにしろ自分で喜多川先生の〝源義経が生き延びてモンゴルに渡ってジンギスカンになった説＝荒唐無稽〟を〝ですよね〟と肯定しておいて〝荒唐無稽とは思わない〟とは矛盾している。

「一瞬、荒唐無稽だと思うんですけど、よく考えると、そういう可能性もあり得ると思えてきて」

「そりゃあ可能性を言ったら、なんでもあり得るだろう」

「だから荒唐無稽とは思わないんです」

「なるほど。だが義経がジンギスカンになった可能性は限りなく低い」

「あたしもそう思います」

喜多川先生が怪訝そうな顔でミサキさんを見た。次の言葉を促しているようだ。

「だって、もし義経が本当にモンゴルで大物になっていたのなら必ず日本に帰ってきてると思うんです。もしくは、なんらかの連絡を取るか。あたしだったらそうします」

あなたの場合は訊いていない。だいたい、そんな理由で義経＝ジンギスカンを否定するって……。

「たしかにそうだ。義経は義経。それ以外の何者でもない」

「はたして、そうでしょうかな」

今度は村木老人が乗りこんでくる。せっかくミサキさんの話が収束を迎えようとしているのに。

「どういう事です？」

よせばいいのに喜多川先生が村木老人の話に乗ってしまった。

「私はね、源義経っていうのは別人が成りすましていた偽者だったと思ってるんです」

飲みほそうとしたビールを噴きだしてしまった。

「安田くん」

咎めるでもなくミサキさんが僕におしぼりを放る。慣れたものだ。早く拭いた方がいいとはいえ客に対しておしぼりを放り投げるのは礼儀に反している。客商売としては絶対にやってはいけない行為だろう。だけど僕は、なぜか楽しい気持ちになってミサキさんが放ったおしぼりをキャッチするとカウンターを拭きだした。二人の間に見事な連係プレイが生まれたように感じられるし……。

「ビールの次はキス・オブ・ローズなど、いかがでしょう?」

「キス・オブ・ローズ?」

「それを、もらおうか」

僕より先にビールを飲みほしている喜多川先生が答えた。そのお酒は知らないけど喜多川先生が飲むのなら間違いはないだろう。僕も同じものを頼むことにする。

「キス・オブ・ローズはラムベースのカクテルです」

ミサキさんが作りながら説明してくれる。

「ラム酒にローズリキュールとウォッカ、シロップなどを入れて」

言いながらシェイカーを振る。それにしてもシェイカーを振っているミサキさんは実に様になっている。ミサキさんがバーテンダーだということを再認識した。

「シェイクしたお酒です」

赤いカクテルだ。寸胴《ずんどう》のタンブラーの中に赤い液体が注がれている。

「ウォッカが風味を引き締めて、いい味になっている」

さっそく飲んだ喜多川先生が感想を呟く。僕もキス・オブ・ローズを初めて飲んだけど、おいしい。

「ところで先ほど、義経が偽者だと仰ったような気がしたが私の聞き間違いでしょうな？」

「いえ。聞き間違いではありませんよ」

村木老人はニコニコと笑みを浮かべた。義経が偽者とは……。今こそ〝荒唐無稽〟という言葉をぶつけてやるべきだ。

「どういう意味ですかな？」

「私たちが知っている平家との戦いで活躍した義経は本物の義経に成りすました別人、もしかしたら平泉《ひらいずみ》が放ったスパイかもしれません」

嗚呼、荒唐無稽も極まれり。

ここでいう平泉とは奥州の藤原家を指す。藤原清衡、基衡、秀衡、泰衡の奥州藤原氏四代が平泉――現在の岩手県南部――を本拠地としていたからだ。

初代の清原清衡は姓名を藤原清衡と改め奥州全土の支配者として君臨した。土地から多量の砂金が産出して、その地は百年に亘って栄えた。都から離れていたこともあって、ほとんど朝廷の干渉を受けず独立国のような自由を確立していたのだ。

「どうして、そんな事を思うんですかな？」

喜多川先生が荒唐無稽を〝丁寧語〟で言い換えた。

「義経は兄である頼朝に追われて奥州を頼って逃げましたが結局は頼朝に殺されるからです。殺されたのは義経が偽者だから……そしてスパイ行為を働いたことに対する制裁のような気がしているんです」

　スパイ行為に対する制裁……。

「単なる勘ですがね」

　話にならない。前より村木老人と会話を交わすようになった喜多川先生も苦笑している。この話はここで終了。議論に値しない話題だ。

「ありえますすね」

　ミサキさんが言葉を継いでしまった。せっかく話が無事に終了しかけたのに。

「いやいや、村木さんが何を言っているのかサッパリ判らないのだが」

「判りませんか？」

　喜多川先生の精一杯の皮肉も通じず真っ正面から訊き返してくるミサキさん。

「君には判るのかね？」

「判ります」

　ミサキさんが自信満々に答える。こっちはミサキさんの頭の中が判らない。〝源義経が偽者だった〟という全く意味の判らない発言を一瞬のうちに理解しているとは。ひょっとして天才か？　もちろん、これも皮肉だけど。

「後学のために教えてもらえないかね？」

　今日はいつにも増して店内に皮肉が飛び交っている。

「いいですよ」

そして〝皮肉が通じない族〟との応酬。

「村木先生は勘と仰いましたけど〝義経が結局は兄の頼朝に殺される〟という根拠をお持ちでしたよね。ほかにも何か根拠がおありなんじゃ？」

丸投げか。

「たとえば義経が奥州を頼った理由はハッキリしてないんじゃないかしら？　だからそのこと自体が〝義経は奥州が放ったスパイ〟説を証明してるとか？」

「なるほど。それも考えてみたいですね」

丸投げに見せかけて自分で答えを出したのか？

「ほかには、ありますか？」

「一つ言えるのは義経の出自が確かじゃないって事なんです」

「出自が確かじゃない？　義経は源義朝と常盤御前《ときわごぜん》との間にできた子でしょう。出自は確かですよ」

「ところが幼少期の確かな史料がないんです。鞍馬山《くらまやま》に預けられたり放浪の旅に出たりしますからね。その辺りで、あやふやになってくるんです」

「だったら村木先生、あたしたちが知ってる義経は、どこの馬の骨とも判らない人物って可能性もあるじゃないですか」

「そうなんですよ」

「じゃあ成人後の義経は成りすまし……偽者だって可能性も出てきますね」

「そうなりますね。頼朝が再会した、そして私たちが知っている義経は本当の義経じゃなくて赤の他人……偽者の義経の可能性があるんです」

「いつもながら村木先生の説には感心します」

どうしてミサキさんは、いつもこんな突拍子もない説に感心できるんだろう？　今日こそは村木老人の化けの皮を剝がさなければ気が済まない。

「ところで義経って何時代の人なんですか？」

顎が外れそうになった。それも知らないで偉そうに話していたのか。

「頼朝と兄弟だって知識はあったんですけど」

「源頼朝も義経も平安末期から鎌倉初期にかけての武将です」

「ああ、なるほど。頼朝が鎌倉幕府を作ったんですものね。だからその前後の武将ってことですね」

口にして整理しなくても判りそうなものだが。

「それ以前は平家が天下を握っていたんですよ」

「平清盛とか？」

「そうです、そうです」

村木老人は嬉しそうに答える。ミサキさんに知識がないことがそんなに嬉しいのだろうか？　むしろ嘆かわしいことに思えるが……。それとも自分が教えられることが嬉しいのだろうか？　二人が通じあっているようにも感じられて、それもまた腹立たしい。

「平安時代末期に平清盛と覇権を争った源氏の大将が源義朝。これが頼朝、義経兄弟の父親です」

「たしか義経って九男じゃなかったかしら？」

妙に細かいことは知っている。

「はい。九郎義経ですから」

「九郎判官《ほうがん》って呼ばれていたような気がします」

「さすがですね。その通りです」

さすがですねって……。本気で〝さすが〟と思っているのか。それとも単なる煽《おだ》て上手なのか。だとしたら、ある意味、村木老人は見上げた人なのかもしれない。

「判官……これはハンガンとも言いますが、検非違使の尉《じょう》、つまり官位です。義経はこの官位に就いたので判官と呼ばれているんです」

「九郎義経だから九郎判官……。ありがとうございます。よく判りました」

二人でやってろ。

「判官贔屓という言葉も義経が由来ですからねえ」

「え、そうなんですか？」

ミサキさんが大袈裟に驚く。

判官贔屓とは弱い者や不運な者に同情して味方をすること、もしくはそういう気持ちのことだ。これは義経が兄である頼朝に討たれたことに人々が同情したことに由来する。義経＝判官を贔屓する、というわけだ。スポーツ観戦などで負けている方、あるいは弱いと思われている方を応援する心情に判官贔屓という言葉がよく使われているように思う。僕は負けて悔しい思いをするのが厭だから、いつも強い方を応援しているけど。

「義経は九郎判官とも呼ばれましたけど幼少時は牛若丸と呼ばれていました」

「あ、好きなんです、その話。武蔵坊弁慶と京の五条大橋で戦って牛若丸が勝ったお話ですよね」

これは若いのによく知っている。褒めてあげていい。〝歴史〟ではなく〝お話〟だから知っているのだろうか？　弁慶は最後は義経を守って衣川館《ころもがわのたて》で全身に矢を浴び立ったまま息絶える。いわゆる弁慶の立ち往生だ。

最近の若い人は時代劇を見ないから〝お話〟自体を知らないらしい。年配の人なら常識として知っている歴史上の人物を題材とした物語群……。山中鹿之介、石川五右衛門、清水次郎長、国定忠治、幡随院長兵衛《ばんずいいんちょうべえ》、河内山宗春《こうちやまそうしゅん》、遠山金四郎、長谷川平蔵、鼠小僧次郎吉、水戸黄門、暴れん坊将軍などなど……。こういう物語、時代劇を摂取しなくなったから歴史の隙間知識に欠けている……。

　かくいう僕も喜多川先生に教えてもらうまでは、あまり知らなかった。そういう意味でも喜多川先生といると僕にとって新鮮な知識が摂取できて刺激的だ。

「武蔵坊弁慶は五条大橋を通る侍に剣の勝負を挑んでいました。勝つと相手の刀を奪うという条件です。千人に勝って千本の刀を奪うことが弁慶の悲願でした」

　村木老人は弁舌滑らかだ。

「九九九本まで集めたんですよね」

「その通りです。いよいよあと一本で千本というときに」

「義経に出会ったんですね？」

「はい。五条大橋を笛を吹きながら通る牛若丸が目に留まりました」

「歌がありますよね。♪　京の五条の橋の上　大の男の弁慶は」

　歌は上手い。声もいい。アイドルユニットに入ったらセンターになれるんじゃないか？　ふとそんなことを思った。

「懐かしいですね。久しぶりにその歌を聴いた気がしますよ」

　僕は初めて聴いた。

「弁慶は当然のように牛若丸に勝負を挑んで襲いかかりますが牛若丸は欄干を右に左に飛び交い、弁慶を子供扱いして打ち負かしてしまいます」

「痛快ですね」

「だから人気があるんでしょうね。もっとも『義経記』では、このエピソードは五条大橋ではなくて清水寺となっていますが」

「ギケイキ？」

「義経の記。音読みしてギケイキです。室町前期に成立した義経の一代記、軍記物語です。義経研究の史料としては、この『義経記』が基本となるでしょうね」

「ほかにはどんな史料があるんですか？」

「鎌倉幕府の事績を記した史書としては『吾妻鏡《あづまかがみ》』が第一級のものです。もちろん『平家物語』『平治物語』も外せません。『弁慶物語』というのもあります」

「それらの史料をつきあわせて義経の事績を丹念に調べるんですね。専門家の先生方には頭が下がります」

「史料は絶対ではない」

喜多川先生が一言、釘を刺す。

「各史料で記述が異なることも多いし成立過程で噂話、伝承を載せている史料もあろう。作者の創作だってあるだろう」

「創作？」

「たとえば弁慶の立ち往生なども創作、伝説の類だろう」

「たしかに無数の矢を浴びて立ったまま死ぬなんて考えてみたら嘘っぽいですね」

「そういう事だ」

「そうなると、もしかしたら八艘飛びも創作の可能性があるんじゃないかしら」

「あるだろうね。史料を鵜呑みにすると真実が見えなくなる」

壇ノ浦の戦いにおける義経の八艘飛びは有名だけど、それをミサキさんが知っていたのは大したものだ。やはり歴史部分とは違って物語部分には強いのだろう。

義経を討つことに執念を燃やす平家の弓の使い手、平教経《のりつね》は壇ノ浦の戦いで源氏の船に単身、乗りこんで義経に迫る。ところが身が軽い義経は八艘もの船に次々と飛び移って教経の攻撃を躱《かわ》した。これを義経の八艘飛びと言う。

「あたしの言いたい事もそれなんです。史料を鵜呑みにするんじゃなくて、その裏に隠された真実を探る……。ワクワクしますよね」

ミサキさんの目が輝いている。

「あたしが義経に対して抱いていた〝源平の戦いで武功を上げた戦上手。でも最後は武運つたなく頼朝に討たれた〟ってイメージは、それらの史料と照らし合わせてみてどうかしら？　的外れかしら？」

なんとなく僕だけでなく喜多川先生に対してもぞんざいな口の利き方になってきているような気がする。気のせいならいいけど。

「それでいいだろう」

喜多川先生は幽《かす》かに兆したミサキさんのぞんざいな口調が気にならないらしい。

「ありがとうございます」

ミサキさんが今度は丁寧な口調で言う。

「史料を基本としながらも史料を絶対視しないという喜多川先生の姿勢、感服しました」

いつの間にか喜多川先生の姿勢にされてるし。

「史料が絶対ではないという喜多川先生の言葉が〝義経＝偽者〟という村木先生の説の援護射撃になっている気がします」

自分の都合のいいように解釈する能力だけは、ずば抜けている。

「たしかに私は史料は絶対ではないと言ったが、それは何も史料を無視していいと言ってるわけではない」

「わかってます。村木先生も史料に記された信憑性のある記述だけを元に〝義経＝偽者説〟を構築されたんだと思います」

村木老人を援護したつもりで逆に村木説のハードルを上げてしまったことに気づいてない。

「信憑性のある記述だけを元に〝義経＝偽者説〟を構築……。どういう事かね？」

ほら。喜多川先生に穴を突かれた。このネチネチとした攻撃に耐えられる論客はいない。

「義経は出自の確かな人物ではなくて偽者、それも平泉が送りこんだスパイって説も成りたつって事です。村木先生が言った通りです」

「受けいれがたいが……。そもそも君は頼朝や義経のことを詳しく知らんだろう」

「詳しくは知りません。大まかなことだけで」

「それでは話にならない」

「でも義経＝スパイ説は、あたしじゃなくて村木先生の説ですから」

責任転嫁！

「だが君も議論に参加している以上、二人についての基礎知識を押さえておく方がいいだろう」

どこまで親切なんだ、喜多川先生は。それにド素人相手にきちんとしたレクチャーをしてあげるとは。ほかにお客さんがいなくてよかった。

「話は一一三八年に遡る」

「ほう。常盤御前が生まれた年から始めますか」

お。村木老人が歴史研究者らしい片鱗を覗かせた。

「当然です。常盤御前は義経の母親ですからな」

「そして常盤御前が生まれた九年後、頼朝が生まれます」

説明は喜多川先生に任せておいた方がいいのに。

「常盤御前が九歳の時に頼朝が生まれた……ということは頼朝の母親は常盤御前ではないんですね？」

「頼朝の母親は由良《ゆら》御前だ」

ミサキさんがメモを取っている。そんな時間があったら次の摘《つま》みを作ってほしい。

「さらに頼朝が生まれた九年後、保元の乱が起こる」

保元の乱とは崇徳《すとく》上皇と後白河大皇との権力争いだ。

近衛天皇が没して後白河天皇が即位したが、この際、後白河天皇と崇徳上皇との対立が表面化した。崇徳上皇は近衛天皇の次天皇に後白河ではなく我が子である重仁《しげひと》親王を推していたからだ。両者の対立は武力衝突にまで発展する。崇徳上皇側は源為義らを召集し、後白河天皇側には平清盛らがついた。結果、後白河天皇が勝利し、敗れた崇徳上皇は讃岐に流された。

中央の政争で武士が活躍したことから武士の政界進出のきっかけとなったと言われている。

「その三年後、由良御前が死に、同じ歳に義経が生まれる」

「このとき頼朝は十二歳ですね」

メモを見ながらミサキさんが言う。すばやく計算したのだろうか。

「義経が生まれた年に平治の乱で平清盛側が勝って平氏の世の中になるんですよね」

保元の乱により平氏が台頭したが、源氏側も権力を握る機会を窺っていた。平氏と源氏の対立が後白河上皇の近臣間の暗闘と結びつき、源平で合戦が生じた。これが平治の乱だ。結果、平氏が勝利し平氏の政権が誕生した。

「その通りだ。だから翌年、敗れた源氏の御曹司である頼朝が伊豆に流されたわけだ」

「十三歳で流された……。と言っても歩いていったんですよね」

ギャグのつもりだろうけど誰も笑わない。失敗したと思ったのかミサキさんは真顔になってキス・オブ・ローズのお代わりを作っている。

「一方、敗者の側、義経の母親である常盤御前はというと、夫である源義朝の死後、我が子の命を助ける代わりに仇である平清盛の愛妾にされます」

村木老人が要らぬ情報を提供してくる。

「辛かったでしょうねえ」

「やがて平清盛に捨てられ、一一六二年に藤原長成《ながなり》と再婚しますね」

「よかった！　幸せになれて」

単純すぎる反応だ。結婚したことにより不幸になる場合だってあるだろうに。

「義経は一一六九年……仁安四年、十歳の時に京の北に位置する鞍馬山の寺で修行します」

「修行？」

「平清盛が出した〝義経の命を助ける条件〟の一つが出家することだったんです」

「じゃあ出家のための修行ですか」

「そうなります。この時の童名は遮那王《しゃなおう》です。その後、義経は一一七四年に奥州に旅立ちます」

「十五歳の時ですね」

　暗算は速い。算盤でも習っていたのだろうか。

「最初にも疑問に思ったんですけど、どうして奥州に旅立ったんですか？」

「出家のために鞍馬山に入った義経でしたが時が経つに連れて平家への復讐の念が強くなって、出家をやめ自らの手で元服して義経と名乗って力を蓄えるために奥州に旅立ったんです」

「旅立ったのは判るんですけど、どうして奥州？　ってことです」

「奥州平泉に藤原秀衡がいたからでしょうね」

「藤原秀衡……。義経と藤原秀衡は、もともと縁があったんですか？」

「ないですね。数々の条件が、うまく合致したんでしょうな。都から遠く離れていて平家の目が届きにくいとか、力を持っているから頼りになるとか。なにより義経を鞍馬山から連れだした人物が藤原秀衡に伝《つて》があったのかもしれません」

村木老人はキス・オブ・ローズで喉を潤すと次のような説明をした。

――坂東《ばんどう》武者で源氏の血を引く陵助重頼《みさぎのすけしげより》という者が、たまたま鞍馬山を訪れた。義経はその者に「元服したいので鞍馬山から連れだしてくれ」と頼んだ。「平家に知られるとまずいので東国へ行きたい」とも。

とにかく義経は奥州平泉に行った。

「その後、一一八〇年に頼朝が伊豆で挙兵して義経は合流するために駆けつけます」

「兄弟の再会ですね」

「一一八四年に義経は一ノ谷の合戦で勇名を馳せます。一ノ谷は鵯越《ひよどりごえ》の奇襲で有名です」

「鵯越?」

「一ノ谷の後ろにある山の名前です。その険しい崖の上から義経軍が馬で駆け降りて奇襲をかけたんです。相手は一溜まりもありません」

「凄いですね」

「一一八五年には屋島の合戦を経て壇ノ浦の戦いに進み、平家を滅ぼします」

「連戦連勝……。義経は戦の天才って感じがしますね」

「一つ確認しておきたいのだが」

喜多川先生もこれ以上、話に加わらない方がいい。

「偽義経が平泉のスパイだとして、平泉は、どこにスパイを送りこんだというのかね？」

「もちろん、頼朝の下にですよ。ねえ村木先生」

村木老人が咳きこむ。

「頼朝にスパイを送りこむ目的は？　頼朝はまだ政権を握っているわけでもない」

「でも平家に戦いを挑んで天下を取る目が出てきました。勝てば天下を握れるんです。そのときのための保険の意味でスパイを送りこんだんじゃないかしら」

「保険か……」

「頼朝との結びつきを強めておくことは平泉にとっても悪い事じゃないと思うんですけど。どうですか？　村木先生」

「その通りですな」

なんだか村木老人の顔に生気が滲みでてきた気がする。ミサキさんの発する声や吐く息に若返りエキスでも含まれているのだろうか。

「平泉は独立性を保っていたとけいえ朝廷に力尽くで征服されるかもしれないという警

戒心は常に持っていたでしょう」

そのためにも京都と奥州の中間地点である関東の頼朝に目をつけた……。

「昔から征夷大将軍という北方の蝦夷討伐隊が組織されたりしてますもんね」

「そうなんです」

「義経は偽者だって、さっき言ってたけど、スパイを送りこむとしたら、平泉で名の知れた立派な武将を送った方がいいでしょう。どこの馬の骨とも判らない偽者の義経よりは」

我慢できなくなって僕も論戦に参加する。これ以上、喜多川先生を馬鹿馬鹿しい議論につきあわせてはいけないという義侠心からだ。

「スパイは顔が知られていない人物の方がいいんですよ」

しまった。常識的な部分でミサキさんに教えられる形になってしまった。

「名の知れた武将だったら顔を知ってる人がいるかもしれないじゃないですか。だから平泉は、おそらく顔の知られていない人物を義経に仕立ててスパイとして送りこんだと思うんです。もし本当にスパイを送りこんだのならですよ。それが家臣を抜擢したのか、それとも農民からスカウトしたような人物かは今となっては確かめようもないですけど」

「しかし……」

喜多川先生は顔を顰《しか》めている。話すのも馬鹿馬鹿しいが議論を終わらせるために話すのだという風情と見た。

「村木さん。あなたは先ほど義経は出自の判らない人間だと仰った」

「だからスパイ説が成りたつんですよ」

ミサキさんが出しゃばって答える。

「出自が判らない人物なのに頼朝はそのスパイを自分の弟だと思いこんだというのかね？」

「言われてみれば変ですねえ」

ミサキさんの裏切りか？　たしかに村木老人につくより喜多川先生についた方が利口だ。ようやく、そのことが判ったのだろうか？

「赤の他人を自分の弟だと思いこむなんて考えてみれば不思議ですよね」

胡散臭いのは義経ではなくて村木老人だった。ミサキさんも、そのことに気づいたようだ。時間がかかったけど僕が村木老人のインチキを露呈しようとした努力は報われたのだ。

「ただ」

ミサキさんが人差し指を頬に当てた。

「この時代の武将は血を分けた兄弟といえども別々に育つことも多かったんじゃないか

しら。どうですか？　村木先生」

「多かったですね」

　ミサキさんの顔が輝く。

「だとしたら顔を知らない人が〝弟です〟と名乗っても、さほど違和感なく受けいれた可能性はあるかもしれませんね」

　喜多川先生が虚を衝かれたように一瞬、グラスを口に運ぶ手を止めた。

「実際に頼朝と義経は幼い頃に別れ別れになっていますからね。別れて、ずっと会ってなかった人物ですから大人になった義経は誰であろうと見分けがつかないでしょうな」

「なるほど」

　ミサキさんが握った右手でポンッと左の手のひらを叩いた。喜多川先生は止めていた手を動かしてキス・オブ・ローズで喉を湿らせる。

「たしかに顔を見ただけでは自分の弟かどうかは判断できないかもしれないな」

　先生……。

「でしょ？」

　ミサキさんは喜多川先生にもタメ口を使い始めている。

「だが」

　喜多川先生のフェイント攻撃か。一旦、相手を油断させるような事を言っておいて即座に反撃して相手をノックダウンする。

「武士の大将である頼朝を長きにわたって騙し果《おお》せるだろうか」

強烈な右ストレート。

「また義経を義経として扱ってきた歴史家の目も騙せるはずがないと私は白負している」

トドメの左アッパー。相手は完全にノックダウンだ。

「そうでしょうか」

効いてない？

「義経が存在したことは歴史的な事実だ」

今度こそ喜多川先生が一言で村木老人、そしてミサキさんの妄想を粉砕した。そうなのだ。源義朝には頼朝、義経という息子がいたことは史実。これは動かしようがない。

「義経は、生まれてから死ぬまでの記録が綿々と残っている」

「偽者説など入りこむ余地はないですね」

僕は喜多川先生に追随し論議を終わらせる手助けをした。議論終了――。

「はたしてそうでしょうか？」

グロッキー状態になっているはずのミサキさんが入りこんできた。

「義経は頼朝と、ずっと一緒に育ったわけではありませんものね、村木先生？」

「はい。頼朝は義経が生まれた翌年には伊豆に流されていますから赤ん坊の義経を見ているだけなんですよ」

「そうだったんですか」

「義経も十五歳の時に奥州、すなわち東北に旅立っています」

「頼朝は伊豆、義経は奥州ですから再会するまで二人の接点は、まったくなかったと言っても過言ではないようですね」

「はい。頼朝も伊豆で北条氏に監視されて不自由な暮らしを余儀なくされていますから義経に会うこともなかったでしょう」

ミサキさんの誘導によって村木老人が勢いづいている。

「だったら遠い東北の地で仮に本物の義経が死んだとしても頼朝には正確な情報は届かないんじゃないでしょうか。だから偽者が入りこむ余地が生まれる」

「義経がスパイだったら本当に平家を滅ぼすはずもないでしょう」

僕は村木老人・ミサキ説を滅ぼしにかかる。

「え、どういう事ですか？」

「義経は壇ノ浦の戦いで平家を滅ぼしていますけど単なるスパイだったら動向を探ることが目的です。実際に大将になって戦を指揮するはずもないんですよ」

可哀想だけど僕が彼らの息の根を止めてしまった。

「もしかしたら」

　まだ反論するつもりか？

「東北に送られる時点で、すでに義経は身代わりと入れ替わっていたのかもしれません」

　え？

「義経ではない人物が京都から東北に送られたというのかね？」

「はい」

「だったら送った源氏側……すなわち頼朝側は最初から義経が偽者だと知っていたことになる。それでは村木さんの〝義経＝平泉が頼朝の下に放ったスパイ〟説は成りたたない」

〝墓穴を掘る〟とは、こういうときに使う言葉だ。

「そういえば、そうですね」

　話にならない。

「それとも源氏側の誰かが味方にも内緒で偽の義経を東北に送ったとでもいうのかね」

　ミサキさんが右手の人差し指を立てて頰に当てる。

「村木先生。幼い頃に義経の側についていた人って誰かいますか？」

「母親なら常に側にいるでしょうね」

「母親？」

「常盤御前です」

「そうでした、そうでした。だったらその常盤御前が送ったんですね」

「常盤御前が？　何のために？」

「我が子の命を守るためではないでしょうか。あるいは源氏復興のための保険をかけたのかもしれません。そう考えれば辻褄が合いますよね」

「どういうこと？」

辻褄など、まったく合わないんですが。

「源氏の御曹司たちは、この時代、常に殺される危険に晒されていましたよね」

これは、その通りだ。頼朝だって殺されるところだったのだ。

平治の乱で敗れた源氏勢は総大将である源義朝を筆頭に逃避行を余儀なくされる。義朝は殺されるが長男である頼朝も彷徨《さまよ》っていたところを平頼盛一行に見つかり捕縛される。源義朝の嫡男である頼朝も当然、斬首される運命であったが平清盛の継母・池禅《いけのぜん》尼《に》が幼い頼朝の助命を嘆願し、やむなく清盛もそれを認めて伊豆配流となったのだ。

九男の義経も斬首を逃れた。『義経記』には美人の誉れ高い義経の母、常盤御前に懸《け》想《そう》した平清盛が、義経の命を助ける代わりに常盤御前に自分の愛人になることを強要したと記されている。

頼朝も義経も辛うじて命拾いはしたけれど、いつ殺されてもおかしくない状況にはあったのだ。

それらの基礎的事実を僕はミサキさんに簡潔明瞭に、かつ偉そうな態度に映らないようにさりげなく説明した。

「ありがとう安田くん」

くんづけが定着したことにより二人の距離が縮まった気がしている。

「安田くんの説明のお陰で〝義経＝身代わり説〟が一気に信憑性を帯びてきた気がします」

「え、どういう事？」

「常盤御前は自分の子が殺されないように身代わりを立てたんです。ほかの誰かを〝義経〟として奥州に送りこむ。本物の義経はどこか別の場所で人知れず暮らしてゆく。我が子の命が危険に晒されているんですもの。それぐらい考えても不思議じゃないですよね」

「身代わりにされた子は堪ったものではない」

「そうですけど誰でも我が子が一番かわいいんじゃないでしょうか」

「だからといって……」

「それに経済的に子供を手放さざるを得ない庶民も当時はたくさんいて、現状の暮らしに比べたら源氏の御曹子として牛きられるなら、と多少の危険はあっても喜んで差しだしたのかも。常盤御前だったら、それを味方にも知られずに実行するだけの力があると思うんです」

源氏の総大将である源義朝の愛妾で義経の母……。

「義朝を慕う、もしくは常盤御前を慕う、あるいは源氏に忠誠を誓う家臣たちの中に自ら我が子を差しだす人がいてもおかしくはありませんし。もちろん口の堅い家臣ですよ」

村木老人が言った。たしかに昔の家臣だったら、そういう〝美談〟はあり得たかもしれない。『三国志演義』では駆けこんできた敗走途中の劉備玄徳《りゅうびげんとく》をもてなす料理がなかった忠義の人、劉安《りゅうあん》が、自分の妻を捌《さば》いて劉備に食べさせる〝美談〟もあるぐらいだ。

「さっき言った保険というのは？」

〝身代わり〟は判ったけど〝保険〟はまだピンと来ない。

「身代わりの義経が殺されても本物の義経は生きているから安心、という保険？」

僕はミサキさんの思考を読んで答える。

「それもありますけど常盤御前は身代わりが義経として生きるなら、それもよしと思ったのかもしれません。あ、これは男の人には判りにくいかもしれませんね」

そんな事はないだろう。どんな思考も男女関係ないはずだ。男の子は秘密基地が好きとか、僕はそういう神話も信じない。単に男の子として育てられたから、そうなると思っている。

「常盤御前は我が子である義経を源氏の武将としてではなく名もない庶民として暮らしてもらいたい。本音はそうだったのかもしれないと、ふと思ったのです」

「庶民として？」

「はい」

「それはないでしょう。仮にも源氏の大将の息子なのですから」

「だから男の人には判りにくいと言ったんです」

ムカつく。

「母親だったら我が子に平凡だけど穏やかに暮らしてもらいたい。そう思っても何の不思議もないと思うんです」

「そのための保険でもある、か」

「はい。義経が将来、総大将になっても満足、ならなくて平凡に暮らしても満足、という保険です」

「では平泉は義経が偽者だと知っていたのかね？　つまり義経が偽者だということを常盤御前側は平泉に知らせていたのかね？」

「知らせていないと思います」

ミサキさんはすぐに答えた。

(どうして即答できるんだ?)

予め真実を知っているかのようだ。

「常盤御前は偽の義経がどうなろうと関心がなかったんじゃないかしら。本物の義経が平和な暮らしをしてさえいれば」

「では平泉は送られてきた偽の義経を本物と思いこんでいたというのかね?」

「それは判りません」

「常盤御前は本物だと思わせたかったんじゃないかね?」

「そうだと思います。でも常盤御前の本当の狙いは、あくまで義経が奥州に旅立ったという噂を流すことです。その後、その義経が途中で逃げて行方不明になっても死んでも関知しない心づもりだったんじゃないでしょうか」

「本物の義経の所在が判らなくなれば、それでいいと?」

「はい。もちろん偽者の義経が見事に平泉側を騙し果《おお》せた可能性もありますよね。その場合は平泉に〝スパイを送った〟というつもりはなくなりますけど」

「〝本物の義経に頼んで平泉に有利になるように頼朝側に取りはからってもらいたい〟というロビー活動のつもりでしょうね」

村木老人が援護射撃をする。

ロビー活動とは自分が属する地域や団体の利益を図るために議員や官僚などに働きかけて政治的決定に影響を及ぼそうとする活動のことだ。僕がこの言葉を知ったのは一般教養の授業でアメリカの政治を勉強していたときだ。

「偽者が平泉に〝自分は偽者だ〟とバラした可能性もありますし途中で逃げたか死んだかして平泉には着いてないのに〝義経が奥州に向かった〟という噂を利用して平泉が偽の義経をスパイとして送りこんだ可能性もあると思うんです」

「可能性を言ったら、いくらでもあるだろうが……」

「肝は正史に現れた義経が、この時点で偽者に入れ替わっている可能性があることです」

気のせいかミサキさんの顔が凜々しく見える。

「身代わりの義経が、その後、源氏の大将として活躍しても、それでいいと常盤御前は思ったというのは……私には理解できないが」

喜多川先生はキス・オブ・ローズを口に運ぶ。

「だが人の気持ちなど所詮、他人には判らないものだ」

喜多川先生……。

「喜多川先生の仰る通りだと思います。あたしにだって常盤御前の本当の気持ちなんて判りません。常盤御前が、どんな気持ちで義経を平泉に送ったのか」

〝あたしにだって〟の使い方がちょっと気になるが。

「村木先生が先ほど仰った源氏縁《ゆかり》の武士が義経を鞍馬山から連れだすお話。それは、どんな史料に載っている話ですか?」

「『平治物語』です。『義経記』だと義経を鞍馬山から連れだした人物は陵助重頼ではなくて金売り吉次となっています」

「ぜんぜん違うんですね。この事からも義経に関する記述の信憑性が疑われます」

「ただ、どちらの書も義経が乱暴者だったという記述は一緒ですが」

「乱暴者?」

「『平治物語』では〝重頼の館で義経があまりにも乱暴なため、重頼はもてあましていた〟とありますし『義経記』でも〝義経は陵助重頼の館を焼いて飛びだした〟とあります」

「世話になった重頼の館を焼いたんですか」

「はい」

「恩を仇で返すなんて……」

さすがのミサキさんも絶句している。

「館を飛びだした後はどうなったんですか?」

しまった。ミサキさんが絶句しているので僕が思わず村木老人に訊いてしまった。これは二重の意味で失敗だ。まず僕が知識がないような印象をミサキさんに与えてしまったこと。しかも喜多川先生に訊くのならまだしも村木老人に訊いてしまったこと。これでは村木老人に知識があると認めてしまったことになる。

「伊豆に赴いて頼朝に会うんです。これは頼朝が挙兵した後の再会よりもずっと前の話です」

「挙兵時の再会前に一度会ってたんですね」

思わず感心してしまった僕がいる。

「そんな記録が残っているんですか？」

「正式には残ってないと言わざるをえないでしょうね」

え？

「ですよね。姿をくらました義経が、わざわざその時点で頼朝に会いに行くとは思えないし、それが記録に残っていたら平家側にマークされてしまいますもんね」

言われてみればその通りだ。

「つまりこの部分は創作でしょう」

「喜多川先生の仰った通りですね。喜多川先生は先ほど史料は絶対ではない、各史料で記述が異なることも多いし成立した時点で噂話、伝承を載せている史料もある、作者の創作だってあるだろうって仰いました」

「たしかにそうだった」

なんだか喜多川先生が僕よりもミサキさんを認めたような雰囲気になっている。

「この時点で義経は頼朝と会ってないとしたら実際に会う挙兵時は……」

「義経が二十一歳の時です」

「奥州には六年間いたわけですね」

「はい。一一八〇年、頼朝は三十三歳の時に伊豆で平家打倒のために挙兵します。頼朝は鎌倉に陣を構え富士川の合戦で平家軍を破ります。そこに義経が合流するわけです。その後、兄弟は力を合わせて平家を滅ぼします」

「仲が良かったんですね」

「ところが最後には義経が頼朝に追われて奥州で自害するんです。二人が再会してから九年後、一一八九年のことです」

「九年ですか……。あっという間の出来事にも感じますね」

「さて」

一通りの説明が終わったところで喜多川先生が結論を言い渡そうとしている。

「たしかに史料を鵜呑みにはできない。だが義経が一一五九年に生まれ鞍馬山に入り、その後、鞍馬山を出て奥州に出向き、数年後に頼朝と再会し、二人で力を合わせて平家と戦い勝利を収め、最後には頼朝に追われて奥州で討たれて自死に追いこまれたという一連の大きな流れは史実として認められている。つまり義経の偽者が入りこむ余地はないのだ。異説を唱えるのは勝手だが、そもそも常盤御前が我が子を入れ替えたという記録など残っていない」

「秘密のことなんですから記録に残せるはずもないですよね」

　それはそうだが。

「そもそも論で言ったら、そもそも義経の幼少期の記録って、あんまり残ってないって仰いましたよね？」

　何だ〝そもそも論〟って。

「正確な記録は残ってないですね。諸国をさすらっていたことは確かでしょうが」

「諸国をさすらう……。鞍馬山に入ったり奥州まで出かけたり鎌倉まで戻ったり……。たしかに諸国をさすらっている印象はありますね。でも」

　ミサキさんの手が止まった。

「それって考えてみたら、おかしくないですか？」

「何がですか？」

「源氏の総大将の御曹司が諸国をさすらうって。本来だったら、もっときちんと所在を把握しながら大事に育てると思うんですけど」

「なるほど。言われてみればそうですね」

なんだか二人が示し合わせて小芝居をしているような気がしてきた。それも息のピッタリと合った小芝居を。

(どうせなら僕とピッタリ合ってほしい)

ハッ。何を考えているのだ、僕は。

「その辺りの情報も、義経は本当は出自の怪しい人物だったっていう村木先生の説に信憑性を与えていますね。本物の義経ではないから流浪伝説が生まれた。本物の義経は、どこか誰にも知られない場所で誰にも知られずに穏やかな人生を歩んでいたのではないかしら」

ないかしら、と言われても……。

「義経を都から連れだした人物もハッキリしてないんですからね」

ミサキさんの援護に気を強くしたのか珍しく村木老人が自ら情報を提供した。

「そうでした、そうでした」

ミサキさんのわざとらしい援護射撃は続く。

「『平治物語』だと義経を鞍馬山から連れだした人物は陵助重頼ですけど『義経記』では金売り吉次になってるんですものね」

相変わらず記憶力は抜群にいい人だ。

「源氏の御曹司だったらハッキリしているはずですよね」

「そうなんです」

しかしこの老人はどうして若いミサキさんに敬語を使っているのだろう。しかも客と店の従業員という立場関係で。

「変ですよね。やっぱり奥州に行った義経は本物の義経じゃなかったってことかしら」

結論が早すぎるし飛躍しすぎる。船をピョンピョンと何艘も飛び移るように飛躍しすぎだ。もしかして八艘飛び？　ミサキさんの飛躍した論に刺激されたのか、それとも香ばしい匂いに刺激されたのか、お腹が鳴った。

「トビウオの唐揚げです。タルタルソースでどうぞ」

抜群のタイミングでミサキさんがおつまみを提供した。

(人の腹具合を読む超能力でもあるのだろうか？)

問題は注文していないのに勝手に出てきたという事だ。

「もらおうか」

よかった。すごくおいしそうな匂いがするので瞬間的に〝食べたい〟と思ってしまっていたのだ。

(それにしても喜多川先生は太っ腹だ)

注文もしていないつまみが勝手に出てきても文句一ついわずに受けいれるとは。僕とは人間のデキが違う。

「カクテルはサービスです」

せめてもの罪滅ぼしのつもりだろうか。まだキス・オブ・ローズが残っているのにミサキさんが差しだしたカクテルグラスには白い液体が注がれている。

「これは？」

「〈YOSHITSUNE〉です」

「義経？」

「当店のオリジナルです」

いま思いついて咄嗟に作ったのだろう。

「日本酒にカルピスをミックスしただけなんですけど」

キス・オブ・ローズと合わせると赤と白。源平合戦のようだ。

「おいしい」

一口飲んで感想が口をついて出た。

「優しい味だな」

喜多川先生も感想を呟く。

「本来の義経も優しい人だったと思うんです」

「本来の？」

「はい。『平治物語』でも『義経記』でも義経は乱暴者として描かれていましたよね」

『平治物語』で〝重頼の館で義経があまりにも乱暴なため、重頼はもてあましていた〟とあり『義経記』でも義経は重頼の館を焼いて飛びだしたという話はさっきした。

「世話になった人の屋敷を焼いたって、これ、誰か別の人の話が交ざってるんじゃないかしら」

「別の人の話？」

「はい。本当の義経はすでに正史から消えていて、その後の義経は誰か別の人のエピソードを適当に繋ぎあわせたんじゃないかって。村木先生の説を聞くと、そう思えるんです。その頃の義経の記録なんて正式なものなんてないですもんね。適当に繋ぎあわせることはできると思うんです」

「どうして適当に繋ぎあわせる必要があるんだね？」

「再び義経が正史に登場するからです」

「再び正史に……。頼朝との再会か」

「はい。そして頼朝との再会は〝平泉からやってきた〟こととワンセットになってますよね。別の角度から見ると生まれた後、平泉までは空白なんです。平泉からは空白が埋まります」

時系列的には、

誕生――空白――平泉――頼朝と再会

といった感じか。

「後世の研究者、あるいは物語作家は誕生から平泉までの空白を埋める必要が出てきたわけです」

「そういえばミサキさん。『吾妻鏡』によると平泉から駆けつけてきた義経が頼朝との面会を求めたとき、側近たちはこれを怪しんで取り次がなかったんですよ」

「え、そうなんですか？」

「はい。ところが頼朝がこの話を聞いて〝年齢を考えるに奥州の九郎義経ではないか〟と思い当たり面会を許したんです」

「それで平泉からやってきた若武者は晴れて〝義経〟と認定された……」

「そういう事です。兄である頼朝のお墨付きをもらったんですから」

「逆に言えば義経が義経であると証明するものは頼朝のお墨付き以外にはなかったということですね」

「そうなんです」

村木老人が勢いこんで頷く。

「平泉以前の義経は山賊上がりの無頼漢などを従えています」

「山賊ですか。やっぱり別人のエピソードを繫ぎあわせたような印象ですね」

「だけど印象だけでは」

僕は思わずミサキさんの言葉に異を唱える。

「逆に訊きますけど義経が本物の義経であるっていう根拠は何なんですか？」

ミサキさんは〝逆に訊きますけど〟という新しい技を繰りだしてきた。そもそも誰に訊いてるんだ？

「頼朝のお墨付きでしたよね」

自分で答えている。

「頼朝がお墨付きを与えた以降は正史として残っていますけど、それまでの記録はあやふやです」

「そういえば」

今度は村木老人の〝そういえば〟攻撃か？

「義経が平泉に行ったことさえ異説があるんですよ」

「え、そうなんですか？」

また言ってる。

「義経は奥州には行かずに上野《こうずけ》の山賊上がりの伊勢義盛のもとに寄宿していたという説を『源平盛衰記』が載せているんです」

「たしかに我々が知っている義経は、もしかしたら別人なのかもしれないという可能性だけは示唆したようですな。義経の母親である常盤御前が義経を庶民の子として安全に暮らさせようとする気持ちも判らなくはない」

いったい喜多川先生はどうしちゃったんだ？

「だが」

喜多川先生の眼が鈍い光を放った。やっぱり反論を用意していたのだ。

「義経はスパイとしては大物過ぎますな」

あ、それは言える。スパイって、苦労して敵側に入りこむのだから、そんな大物には、なれないと思う。

「何せ源氏の御曹司なんだから。ロビー活動なんてレベルでの働きではない。自分が大物議員ですよ」

「それこそが狙いだったのではないかしら」

え？

「自分が力を蓄える。それはそのまま平泉のためになりますもんね。自分の発言力、政治力が高まれば平泉を有利に導けます。いえ、もしかしたら……」

ミサキさんはグラスを口に運んだ。白い液体だから〈YOSHITSUNE〉だろう。自分のまで作っていたのか。

「義経は頼朝の上に立たなければならない宿命を負っていたのかもしれません」

「頼朝の上に？」

「はい」

「どういう事？」

「朝廷と奥州は常に緊張関係にあったんですよね？」

昔から征夷大将軍が派遣されるような緊張関係……。

「そうですね。朝廷……実質的には平氏の最終目標は奥州をも征服することにあるでしょう。独立国家のような平泉が、そうそう長い間、許される保証はどこにもありません」

「だからこそ平泉も頼朝の下にスパイを放ったんでしょうけど動向を探るだけでは安心できません」

「いつ征服されるか判りませんからな」

「それを阻止するためには自分たちが政権側よりも強くならなくてはなりません」

「政権側……。もし頼朝が平氏に勝ったら政権は頼朝が握ることになりますね」

「はい。つまり平泉は頼朝よりも強い立場にならなければ安心できないと思うんです」

「戦になっても勝てるように？」

「そうですね。でも戦は大変な犠牲を払いますし勝てる保証もありません。もし戦をしないで安堵が得られるとしたら、それが何よりです」

「戦をしないで安堵……。そんな方法があるんですか？」

「自分たちが放ったスパイ……偽の義経が頼朝の上に立ったら……」

「もう政権側が平泉を征服する心配はなくなる……。そういう事ですか」

「はい。村木先生、義経が頼朝の上に立とうとしたような痕跡は何かありませんか？」

「そうですねえ」

村木老人が考える。

「思い当たりました。実は義経は頼朝の命令を無視することが多かったんです」

「ええ？」

その驚きかた、わざとらしくないか？

「早いときでは兄弟が対面した翌年に事件が起きています。鶴岡《つるがおか》若宮上棟の儀の際に頼朝は尽力した工匠たちに馬を与えたんですが、その馬を家人同様に義経にも引かせようとしましたが義経はこれを拒否しました」

「義経の気持ちも判りますけど源氏の総大将の命に背くことは勇気が要りますね。自分は頼朝の言いなりにはならないという強い意志も感じますし頼朝との距離を測りかねていた感じもします。再会したばかりだったからかしら」

「また義経は法皇によって頼朝の許可なく左衛門尉《さえもんのじょう》に就任しています」

「就任するには頼朝の許可が必要だったんですか？」

「もちろんです。頼朝は傘下である御家人の自由任官を禁じていましたからね」

喜多川先生を抜きにして話が進んでる。

「さらに義経の西国行きに同行した梶原景時が頼朝に〝義経の自分勝手な振る舞い〟を頼朝に密告もしています」

「やっぱり義経は頼朝に取って代わろうと機会を狙っていた感じがしますね」

「あまりにも奇策だ」

喜多川先生が二人の妄説を粉砕しにかかる。よし、いいぞ。

「義経に成りすますなど奇策に過ぎる。そんな危険な真似を」

「義経は戦いにおいてどんな戦術を好んだんですか？」

ミサキさんが失礼にも喜多川先生が話しているのを遮って村木老人に訊く。

「奇策を好んでいました」

また村木老人がミサキさんの誘導尋問に乗っかった。

「一ノ谷の合戦が奇襲って仰ってましたよね」

「はい。屋島もです」

「屋島も？」

ミサキさんの芝居がかった驚きは続く。

「屋島で義経は暴風雨をおして出撃しています」

「まさに奇襲ですね」

「しかも少数部隊による背後からの襲撃です」

ミサキさんがわざとらしく息を呑む。

「その作戦、成りすましに似ていませんか？」

「成りすましに……。どういう事かね？」

「暴風雨をおして出撃した様は単身、頼朝の下に馳せ参じた姿を彷彿させます」

「少数部隊ですしね」

「はい。もともと義経の偽者は成りすまして相手の懐に飛びこむような奇襲を得意としていた。そう考えると成りすましという奇襲も屋島の奇襲も腑に落ちます」

〝成りすまし〟が奇襲……。

「だけど」

僕は反撃の糸口を探る。

「いくら成人した顔を知らなかったとはいえ頼朝は偽者の素姓を少しも怪しいとは思わなかったのかな？」

怪しいと思わない時点で偽者説の信憑性は崩れ去るという僕の巧妙な罠。

「それは思ったんじゃないかしら？　ねえ先生」

「そうでしょうね」

罠が崩壊。

「その証拠に頼朝は義経を迫害し始めますからね」

「迫害？」

「元暦二年（一一八五年）に頼朝は義経に与えていた二十四カ所もの平家没官領《もつかんりよう》を没収しています」

「義経を警戒している表れですね」

「やはり義経に天下を奪われるという恐怖があったのかもしれません」

「それほどの恐怖を抱いていたのなら頼朝はもっと決定的な行動に出てもおかしくない気がしますけど」

そう言うとミサキさんは村木老人に目を遣った。何かを思いだすことを促すように。

村木老人も必死に何かを思いだすように眉間に皺を寄せるけど何も思いだせないようだ。

諦めたのかミサキさんは自ら〈YOSHITSUNE〉を呷った。たぶん〈YOSHITSUNE〉だと思う。

「そういえば……」

思いだしたのか？

「頼朝が義経を暗殺しようとしたことが決定的と言えるでしょうね」

最初から思いついていたけど勿体ぶっていた疑念も少しだけ感じる。

「暗殺ですって⁉」

「同じ年、頼朝は家臣の土佐坊昌俊《しょうしゅん》に義経暗殺の指令を下すんです」

「そんな事があったんですか」

「義経は辛うじて難を逃れましたが」

「兄弟の亀裂は決定的になりますね」

「はい。二人は戦うことになり義経は逃亡生活に入ります。頼朝はこの時、義経追討を理由に守護・地頭を置くんです」

「守護・地頭を置いたのは、その時だったんですか」

「義経は秀衡を頼って奥州まで逃げ延びますが時すでに遅し。秀衡が死ぬと泰衡は頼朝に寝返り義経を追放して、さらに攻めたてた。義経は万事休す。衣川館で自害します」

弁慶の立ち往生はこのときの話だ。

「文治五年（一一八九年）、頼朝は二十八万という未曾有の大軍を率いて奥州藤原家を滅ぼします」

「藤原家は抵抗空しく頼朝に滅ぼされたんですね」

「はい」

「義経が頼朝に勝っていたら滅ぼされずに済んだのに……」

ミサキさんが呟く。

「平家を滅ぼした頼朝が鎌倉に幕府を開いて最後に奥州を征服した。これはもう頼朝は日本統一したと言って、いいんじゃないかしら？」

歴史学者でもないミサキさんにそれを決められたくはない。だけどミサキさんは歴史にずいぶん詳しくなった気がする。

「おもしろい意見だ」

喜多川先生はどこまで優しいんだ。

「頼朝は朝廷からの奥州征伐の褒美を拒んでいる。これは自分が朝廷よりも上だという意思表示かもしれない」

先生……。

「十年以上も前になりますが〈ＴＩＭＥ〉で頼朝が特集されたこともありますしね」

そうなのか？　村木老人が意外な情報をもたらした。

「歴史の創造に寄与した人物たちが各世紀ごとに特集されていまして日本では最も偉大な人物として頼朝が挙げられたんです」

それは大したものだ。たしかに頼朝は日本一国を制覇した初めての武家。大物と言っていいのかもしれない。

「朝廷の上に立とうとした武将は頼朝の他にもいるんですか？　村木先生」

「足利義満に織田信長……。そうそう、平将門もいました」

奇しくもわれわれがこの店に入る前に交わしていた会話が繰り返されている。

「平将門？」

「平安中期の坂東、すなわち関東の武将です。武力によって坂東の独立を目指しました」

「鎌倉に幕府を打ちたてた頼朝と共通するところがありますね」

「はい。将門は下総、今の千葉から茨城にかけての地域に王城を建てて新皇を名乗ります。最後は討たれて夢破れますが」

「もしかしたら頼朝の行動も将門がヒントになっているのかもしれませんね」

「将門が？」

「頼朝が朝廷からの褒美を拒んだ事が、自分は朝廷と対等、もしくは上なんだという意思表示だとすれば、まさに将門です。平泉は、そんな頼朝が奥州制覇も目論んでいることを察知していたんでしょうか？」

「恐れてはいたでしょうね」

村木老人が答える。

「だからこそ義経に成りすましたスパイを送りこむという一世一代の大技に出た」

「それに応えた偽者の義経も大したものですね。大役を見事にこなした」

「最後には義経も奥州藤原氏も敗れましたが……」

「それでも見事です。〝義経〟は八艘飛びのように歴史を自由に飛び回ったのかもしれません」

そのことに思いを馳せるミサキさんもまた論理の八艘飛びをしているのかもしれない。

「いずれにしろ想像に過ぎないが」

「仰る通りです」

喜多川先生にも殊勝なところを見せるミサキさん。

「その時の武将の気持ちなんて、あたしたちには想像する事しかできません」

「確実なのは記録に残っている史実だけだ」

「その史実にしても背後に真実の姿が別にある可能性は常にあると思うのです」

「真実の姿が別にある……」

「はい。義経にしても、生まれたことと頼朝に再会したことは記録にありますけど、その間に何をしていたかは判りません。想像するしかないんです」

「だけど義経が替え玉だという想像は……」

「替え玉ではなく本物だというのも想像です」

「え？」

「頼朝が弟だと認めたんだから本物の弟だろうという想像……。推測でしかない……。

あたしはそう思います」

「村木さんの説が真相である可能性は低いと思うが」

「でもゼロじゃない。あたしは村木先生の説を信じます」

やはりミサキさんと村木老人は固い絆で結ばれている気がする。だけど僕だって、いつまでも市井の歴史家などに負けてはいられない。喜多川先生の下でもっともっと研鑽を積んで歴史上の新説を提唱できるほどの男になってみせる。

僕は〈YOSHITSUNE〉を口に含んだ。仄かな甘さが口の中に広がった。

《主な参考文献》

＊本書の内容を予見させる恐れがありますので本文読了後にご確認ください。

『ネアンデルタール人の正体』赤澤威（朝日新聞出版）
『幕末・維新　知れば知るほど』勝部真長・監修（実業之日本社）
『図説　大江戸　知れば知るほど』小木新造・監修（実業之日本社）
『マヤ文明』青山和夫（岩波新書）
『マヤ文明の謎』青木晴夫（講談社現代新書）
『マヤ文明のミステリーが面白いほどわかる本』ボックス・ストーリー（中経の文庫）
『銅鐸民族の謎』臼田篤伸（彩流社）
『義経記』島津久基・校訂（岩波文庫）
『源義経』五味文彦（岩波新書）
『源義経』上横手雅敬（平凡社ライブラリー）

『源頼朝―鎌倉殿誕生』関幸彦（ＰＨＰ新書）
『源平興亡三百年』中丸満（ソフトバンク新書）
『九マイルは遠すぎる』ハリイ・ケメルマン（ハヤカワ文庫）

＊その他の書籍、および新聞、雑誌、インターネット上の記事など、多数参考にさせていただきました。執筆されたかたがたにお礼申しあげます。ありがとうございました。

＊この作品は架空の物語です。

本書は二〇一七年七月小社より単行本刊行されました。

双葉文庫

く-21-02

歴史《れきし》はバーで作《つく》られる

2020年 5月17日 第1刷発行
2024年11月 6日 第2刷発行

【著者】
鯨統一郎《くじらとういちろう》
©Toichiro Kujira 2020
【発行者】
箕浦克史
【発行所】
株式会社双葉社
〒162-8540 東京都新宿区東五軒町3番28号
［電話］03-5261-4818(営業部) 03-5261-4831(編集部)
www.futabasha.co.jp（双葉社の書籍・コミックが買えます）
【印刷所】
大日本印刷株式会社
【製本所】
大日本印刷株式会社
【DTP】
株式会社ビーワークス

【フォーマット・デザイン】
日下潤一

ISBN978-4-575-52352-2 C0193
Printed in Japan

JASRAC 出 2003808-402

ドラゴンリップ
刑事・竜めぐみの体当たり捜査

鯨統一郎

美貌を誇る捜査一課の超異端児が悪い奴らを捕まえる！　傑作倒叙ミステリー。

双葉文庫